光文社古典新訳文庫

勇気の赤い勲章

スティーヴン・クレイン

藤井光訳

光文社

Title : THE RED BADGE OF COURAGE
1895
Author : Stephen Crane

目次

勇気の赤い勲章

第1章

　寒さが大地から渋々離れていく。霧が遠のいていくと、いくつもの丘に広がって休息を取る軍隊の姿があらわになる。一帯が明るくなるにつれて茶色から緑色の色合いに変わると、軍隊は眠りから覚め、ざわざわという噂話に震え始めた。泥水が溜まった溝のような小道から、きちんとした街道まで、兵士たちは視線を走らせた。土手の陰で琥珀色《こはくいろ》になっている川が、宿営地を縁取っている。そして夜、水の流れが悲しみを湛《たた》えた深い黒に変わったあとは、対岸の遠くの丘陵が作る低い眉毛の下で、敵軍のかがり火が赤い眼のように光っているのが見えた。

　のっぽの兵士が勇気を出し、肌着を洗おうと決然と歩いていった。しばらくして、その彼が、その肌着を旗のように振りながら小川から大あわてで戻ってきた。これからいかにも得意げに披露するその話を彼に教えてくれたのは信頼できる友人で、その友人に話をしたのは正直な騎兵だし、その騎兵は師団の司令部で伝令をしている弟から聞いたから間違いないのだという。のっぽの兵士は赤と金色の服をまとった中世の伝令官のようなもったいぶった調子になっていた。

「明日に出発するんだとさ」彼は通りにいる歩兵中隊の一団に向かって偉そうに言った。「おれたちは川沿いに進んでいって、川を渡って連中の裏に回り込むってわけだ」

熱心な聞き手たちに向かって、彼は練り上げられた行軍作戦のあらましを語った。その話が終わると、青い軍服[1]の男たちはいくつもの小さな集団に分かれ、建ち並ぶ茶色いずんぐりした小屋のあいだで議論を始めた。配給クラッカーの箱の上で踊り、四十人ほどの兵士たちを笑わせていた黒人の荷馬車の御者《ぎょしゃ》の前からは人がいなくなった。御者はもの悲しそうに腰を下ろした。無数に立つ奇妙な煙突から、煙が気《け》だるげに漂っている。

「嘘だ！　そんなの大嘘だって！」別の二等兵が大声で言う。なめらかな肌の顔を紅潮させ、両手を不満げにズボンのポケットに突っ込んでいる。その話を、彼は自分に対する侮辱だと思っていた。「この軍隊が動くことなんてあるかよ。おれたちは釘づけになってるんだ。この二週間で行軍の準備を八回もしたのに、まだ動いてないじゃないか」

のっぽの兵士は、さっきの話は本当なのだとあくまで言い張った。やかまし屋の兵士と彼とのあいだで、あやうく喧嘩になりそうだった。

集まった兵士たちの前で悪態をつき始める伍長がいた。春の初めの頃は、かなりの金をかけて家の床板を張り替えたばかりなんだぞ、と言った。いつ軍隊が行軍を始めてもおかしくないと思い、家のなかを派手にいじるのは控えていたのだという。自分たちはいつまでもここに宿営するのだと思い始めていたら、今になってこれだ。

兵士たちの多くは、ああでもないこうでもないと言い合った。司令官である将軍の計画のあらましをてきぱきとした口調で語ってみせる兵士がいた。すると、作戦の計画はそれだけじゃないぞという声が上がった。互いに怒鳴り合い、まわりの気を引こうと、さまざまな数字が乱れ飛ぶ。そのあいだ、行軍の噂を持ち込んだ兵士は得意げに歩き回り、絶えず質問を浴びせられていた。

「ジム、どうした？」

1　南北戦争中の北軍の軍服を指す。

「軍が動くんだとよ」

「なに言ってんだ。動くってどうやって分かんだよ？」

「別に信じろなんて言ってないさ。好きにしろって。おれはどっちだっていいんだ」

かなり思わせぶりな答え方だった。証拠なんて出すものかと言い切ってみせたことで、まわりは信じ込みそうになった。男たちは色めき立った。

そのっぽの兵士や、仲間たちのさまざまな言葉にじっくりと耳を傾ける、若い二等兵がいた。行軍や攻撃について交わされる話をひととおり聞くと、その若者は自分の小屋へ行って這《は》いつくばり、扉がわりの狭い穴を抜けて入った。今しがた胸を訪れた思いをひとりで嚙《か》みしめたいと考えていたのだ。

部屋の端に置いてある広い寝台に横になった。反対側には、家具がわりのクラッカーの箱が、暖炉を囲むように置かれている。丸太を積んだ壁には、挿絵つきの週刊誌から取った絵が貼られ、三丁のライフルが釘の上で平行になるように並べられている。装備はすぐ手に取れるように壁に掛かっていて、小さな薪《まき》の山の上にはブリキの皿が何枚か置いてある。畳んだテント布が屋根がわりになっていて、外から照りつける日の光によって薄い黄色に光っていた。小さな窓から射《さ》す光が、散らかった床に白く歪《ゆが》んだ四角形を作っていた。暖炉から出る煙はときおり、粘土製の煙突から出ていってくれずに部屋のなかで渦巻いた。木の棒と粘土でできた不恰好な煙突のせいで、小屋全体はいつ炎に包まれるか分からなかった。

若者は茫然《ぼうぜん》とした心持ちだった。ついに戦闘が始まるのか。明日にでも始まれば、おれはそこに身を置くことになる。しばらく、どうにかそれを信じようとした。だが、地上でのその大いなる営みに加わるのだという兆《きざ》しを、はっきりと噛みしめることはできなかった。

もちろん、小さなころからずっと戦闘のことを夢見てきた。一気に押し寄せて火を噴く、血にまみれた争いをぼんやりと思い、胸を躍らせていた。戦いに次々と身を投じる自分の姿を思い描いた。鷲《わし》のように鋭い目をした自分の戦いぶりが、人々を守るのだと。だが、冷静なときは、戦闘は過去の書物にある深紅の染みでしかなかった。ずしりとした王冠やそびえ立つ城といった想像とも、もう過ぎ去ったものなのだと思っていた。世界の歴史には戦乱の時代だと思えるときもあったが、それはもはや地平線のかなたに消えてしまい、夢物語でしかなくなったのだ、と。

自分の国で起きている戦争に、若者は故郷から疑いの目を向けてきた。これは何かのお遊びにちがいない。古代ギリシアのような戦闘を目《ま》の当たりにするなんて、もうそんなことはむりだ。人は前よりも善良になったか、臆病になってしまったのだ。宗教の教えであれ、そのほかの教育であれ、そのせいで人の喉元につかみかかるという本能が消え去ってしまったか、そうでなくても、金があるせいで激情に身を委ねられないのだ。

入隊したいという思いに何度も胸を焦がしていた。大いなる進軍の物語によって、大地が揺さぶられていた。ホメロスばりの英雄叙事詩とまではいかなくても、進軍が輝かしく思えることに変わりはなかった。進撃や包囲や戦闘の記事を読み、そのすべてを目にしたいと願った。息もつかせぬほどの軍功に満ちた、けばけばしい色合いの世界を、若者のせわしない心は思い描いた。

だが、いつも母親がそれに水を差した。戦争についての彼の熱い思いや、国を愛する気持ちに対して、母親はいつも蔑《さげす》むような顔をした。落ち着いた様子で座り、息子が戦場よりも農場にいるほうがはるかに役に立つ理由をすらすらと何百も挙げていく。その口ぶりからは、少しの疑いもなく話していることが伝わってきた。それに、母親の言い分はまったくもって筋が通っている。それは分かった。

しかし、若者はついに、野心に射すその黄色く臆病な光にきっぱりと反旗を翻した。新聞や、村の噂話や、自分自身の夢想によって、彼の心はもはやはちきれんばかりになっていた。彼らは遠くで立派に戦っている。決定的な勝利を伝える記事が新聞の紙面を飾らない日はほとんどない。

ある夜、ベッドで横になっていると、けたたましく鳴る教会の鐘の音が風に乗って運ばれてきた。熱くなった誰かがやっきになって綱を引き、大いなる戦闘についての知らせを夢中で広めようとしているのだ。夜中に歓喜する人々の声に、身震いがなかなか収まらなかった。あとで母親の部屋に下りていくと、若者はこう言った。「母さん、おれ入隊するよ」

「ヘンリー、ばかなこと言わないで」母親は答えた。そしてキルトの掛け布を引っ張って顔にかぶせた。その夜は、それで話は終わりだった。

それでも、翌朝になると若者は農場の近くにある町に出かけていき、そこで編成中だった中隊に加わった。家に帰ってみると、母親はぶち柄の牛の乳を搾っていた。あと四頭が待っていた。「母さん、入隊してきた」彼はおずおずと言った。少し沈黙があった。「ヘンリー、神の御心が叶えられますように」とだけ言うと、母親はぶち柄の牛の乳搾りを続けた。

そうしたことを経て、彼は軍服を背負って戸口に立っていた。目に宿る興奮と期待の光が、家族の絆《きずな》に背いたことを悔やむ気持ちをほとんど消し去っている。すると、母親の傷だらけの頬を伝う涙の粒が目に入った。

生きて戻るにしても死んで戻るにしても立派な姿で帰っておいで、というようなことを、母親は何ひとつ口にしてくれなかった。若者は秘《ひそ》かに、美しい別れの場面を期待していた。感動的な言葉もそれなりに考えていた。だが、そのもくろみは母親の言葉によって打ち砕かれた。むっつりとジャガイモの皮をむきながら、母親はこう言ったのだ。「ヘンリー、ちゃんと気をつけて、戦闘となったら自分の身のことだけを考えるんだよ。気をつけて、自分を守ること。最初から反乱軍[2]をこてんぱんにできるなんて考えちゃだめだよ。そんなのむりだからね。あんたは大勢のなかのひとりってだけなんだから、言われたことを黙ってやればいい。あんたのことなら私はよく分かってるからね。

靴下を八足編んでおいたし、とっておきの肌着も入れておいたからね。なんたって、息子には軍隊のみんなと同じく暖かくて心地よくしてもらわなきゃ。穴があいたら、いつでも私のところに送っておいで、繕ってあげるから。

それから、いつも気をつけて、変な連中とつるむんじゃないよ。ヘンリー、軍隊には悪い男がたくさんいるからね。そういう男たちは軍隊にいるせいで気性が荒くなってて、あんたみたいに世間知らずで母親とばかり過ごしてた若者を狙ってるのさ。そして酒を飲ませて、悪い言葉を覚えさせる。ヘンリー、そんな連中と関わっちゃだめだよ。私が聞かされて恥をかくようなことはするんじゃない。いつも私が見張ってるんだとお思い。それを忘れなきゃ、きっと大丈夫だから。

それから、父さんのことも忘れないようにするんだよ。父さんは人生で酒を一滴も飲まなかったし、怒って言葉づかいが悪くなることもほとんどなかった。

ほかに言っておくことはあったっけ。何かあっても、私のためだとか言ってごまかすのはだめだからね。殺されるとか、悪いことをしなくちゃならないとなったら、何が正しいかってことだけ考えておけばいい。このごろはそうしたことに耐えて生きなきゃならない女の人がたくさんいるけど、主は私たちみんなを守ってくださる。

2

南軍のこと。

靴下と肌着のことは忘れないでおくれ。それから、クロイチゴのジャムを荷物に入れておいたよ。大好物だろ。行っておいで、ヘンリー。気をつけて、いい子でね」

もちろん、延々とそれを聞かされた若者はいらいらした。求めていたものとはかけ離れたその言葉に、むっとした様子で耐えた。そして、どこかほっとした心持ちで家を離れた。

それでも、門のところから振り返ってみると、むいたジャガイモの皮に囲まれて母親が膝をついているのが見えた。涙で汚れた茶色い顔を上げ、痩せた体を震わせている。若者はうなだれて先に進んだ。突然、自分の求めるものが恥ずかしく思えてしまった。

家から学校に行き、同級生たちに別れを告げた。驚きと賞賛の顔が若者のまわりに輪を作った。自分は特別なのだと思った彼は、静かな誇りに胸を膨らませた。出征の日に特別扱いされることに、彼をはじめ青い軍服に身を包んだ男たちの何人かは心底驚き、それに酔いしれた。彼らは胸を張って歩いた。

ちゃんと戦う気はあるの、と薄い髪の色をした少女がからかってきたが、それとは別の黒髪の女の子を、彼はじっと見つめていた。彼の青い軍服と真鍮《しんちゅう》のボタンを見て、澄ましつつも悲しんでいるのではないか。オーク並木の小道を歩いていきながら振り向くと、彼女は窓から旅立ちを見守っていた。彼に気づかれると、少女はすぐに視線を上げ、高い枝の先にある空を見つめた。彼女があわてて知らんぷりをしたことが分かった。彼はしじゅうそのことに思いを巡らせた。

訓練のためにワシントンに向かう道中では、すっかり気分が盛り上がっていた。連隊はどの駐屯地で足を止めても食事を出してもらえたし、親切にしてもらえたため、自分は英雄なのだと思い込んでしまったほどだった。パンやコールドミート、コーヒー、ピクルスやチーズが、惜しげもなく出てきた。若い女たちに笑顔を向けられ、年寄りの男たちからは肩を叩かれて褒めそやされると、ものすごい軍功を立てられるのだという力が湧いてきた。

あちこちに立ち寄っての複雑な旅路を経て、宿営地での何か月もの単調な生活に入った。それまでの彼は、戦争とは生死をかけた争いが次々に起き、その合間にわずかばかりの食事と睡眠があるものと信じていた。ところが、ここに到着してからの連隊は、じっとして暖を取る以外のことはろくにしていない。しだいに、かつての思いに引き戻されていく。古代ギリシアのような戦いは、もうありえないのだ。男たちは前よりも善良になったか、臆病になってしまったのだ。神の教えであれそれ以外の教えであれ、そのせいで相手の喉元につかみかかるという本能が消え去ってしまったか、そうでなくても、金があるせいで激情に身を委ねられなくなっている。

自分は大きく広がる青い軍服の示威行動の一部にすぎない。若者は気晴らしにのらくらと過ごしていた。そこでできることといえば、なるべく身の回りを快適にしておくことだ。若者は気晴らしにのらくらと過ごしては、将軍たちの頭のなかをどのような思いが駆け巡っているのかと考えた。そして、教練を何度も受けては閲兵を受け、そしてまた教練を何度も受けては閲兵を受けた。

これまで目にした敵といえば、川の対岸にいた哨兵くらいのものだ。よく日焼けした思慮深げな一団で、ときおり、青服の哨兵たちを思慮深げに銃撃してくる。あとで文句を言われるとたいていは謝り、銃が勝手に火を噴いたんだ、本当なんだって、と言ってくる。ある晩に歩哨に立っていた若者は、敵軍の歩哨のひとりと川越しに話をした。相手はどことなくみすぼらしい男で、自分の靴と靴のあいだにうまく唾を吐き、温和で子供っぽい自信をみなぎらせていた。若者は秘かにその男を気に入っていた。

「おい、北部人」相手は若者に語った。「いいやつだよな、お前」。静かな夜の空気を伝って届けられたその好意に、少しのあいだではあれ、戦争でなければいいのにと若者は思った。

さまざまな退役兵から思い出話を聞かされた。灰色の軍服[3]を着てひげを生やした大軍が、タバコの葉を嚙みつつ、情け容赦ない罵声を上げ、言葉にできないほどの勇猛さで進撃してきた、という話もあった。フン族のように殺到してくる猛烈な軍隊なのだ、と。その一方で、ぼろ服に身を包み、つねに腹を空かせ、申し訳程度の弾薬しか持っていない兵士たちだったという話もあった。「あいつらは食料が手に入るとなれば地獄の業火のなかでも突撃してくるんだ。そんな腹じゃ、さして長持ちしないな」。そうした物語を聞かされると、色あせた軍服の裂け目から赤く濡れた骨が生々しく突き出しているさまが目に浮かんだ。

それでも、退役兵たちの話を完全には信じることはできなかった。新兵たちを怖がらせようとしていたからだ。煙や、火や、血のことを散々聞かされたが、どこまでが本当でどこからが嘘なのかは若者には分からなかった。「おい、新入り！」と彼らは

3　これも南北戦争中の南軍の軍服を指す。

いつも怒鳴ってくるし、どう見ても信用できなかった。

だが今、自分が戦うことになる相手がどんな兵士たちなのかは考えてもしかたがない。自分たちは戦うのだし、そのことに反論する者はいない。それに、もっと重大な問題がある。若者は寝台に横になって考えをめぐらせた。自分が戦闘から逃げ出したりはしない、ということを数学のように順序立てて証明しようとした。

それまでは、この問題に正面から向き合う必要はなかった。これまでの人生では不安に思うこともさしてなく、最後には輝かしい成功が待っているのは当たり前だと思い、そのための手段や道のりについてはさして気にしなかった。だが、今はその問題が目の前に迫っている。もしかすると戦闘で逃亡してしまうかもしれない。そんな不安がいきなり湧き上がってきた。こと戦争になると、自分がどう振る舞うのかはまったく分からないと認めるほかなかった。

もっと前であれば、そんな不安には門前払いを食らわせておけばよかったのだが、今となっては、しっかりと目を向けねばならない。

ささやかな恐怖が、心のなかで暴れ始める。戦闘のときにまで想像を進めてみると、忌まわしい可能性がいくつも立ち上がってくる。未来に潜む危険の数々を考え、そのさなかにすっくと立つ自分の姿を見出《みいだ》そうとするが、どうにもうまくいかない。刀を折られながらも勝ち誇る、かつて想像した姿を思い起こすが、迫りくる嵐の影のなかでは、およそありえないと思えてしまう。

寝台から飛び起き、そわそわと歩き回った。「まったく、おれはどうしたってんだよ」と声に出した。

これまでの人生の経験はあてにならない。自分についてこれまで学んできたことは、ここでは何ひとつ通用しない。自分は未知の存在なのだ。思春期のように、やってみなければ分かりようがない。新しい経験を積みながらも、まだ何も知らない一面のせいで一生の大恥をかくことのないように、しっかりと警戒しておかないと。「まったく！」と、若者はまた苦悩の声を上げた。

しばらくすると、先ほどののっぽの兵士が穴を巧みにくぐって入ってきた。やかまし屋の兵士がそれに続いた。ふたりは言い争っていた。

「別にいいんだって」と言いながら、のっぽの兵士は小屋に入ってくる。意味ありげに片手を振る。「おれの話を信じるも信じないも、好きにすりゃいい。なるだけじっと座って待ってりゃいいさ。おれの言うとおりだったってすぐに分かるからな」

相手の二等兵は不満そうな声を上げた。きつい言葉で切り返してやろうとしばらく考えているようだった。そしてついに口を開いた。「でもさ、お前だって世界のすべてを知ってるわけじゃないだろ？」

「そんなこと言ってねえって」とのっぽの兵士は言い返した。背嚢《はいのう》に物をきっちりと詰め込み始めた。

そわそわした足取りを止めた若者は、せわしなく準備にかかるその兵士を見下ろした。「ジム、戦闘になるってことだな？」

「もちろんさ」のっぽの兵士は答えた。「当たり前だ。明日になってみりゃ、見たこともないくらい大掛かりな戦闘になるぜ。まあ見てろって」

「すげえな！」若者は言った。

「おう、今回は戦闘になるとも。徹底的な戦闘になって、この先はそれが当たり前になる」と言い足すのっぽの兵士は、友人たちに戦闘を見せびらかそうとする男の雰囲気を漂わせていた。

「よく言うよ！」やかまし屋の兵士が隅から言った。

「でもさ」若者は口にした。「今回もこれまでと同じことになるんじゃないか」

「そんなことねえって」のっぽの兵士が応じた。いらいらしていた。「そんなわけないだろ。騎兵隊がみんな今朝出発しただろ?」そしてあたりを睨《にら》み回した。誰もそれに反論できなかった。「騎兵隊が今朝出発した」と彼は言葉を継いだ。「陣地には騎兵隊なんかほとんど残ってないって話だ。リッチモンドかどこかに向かってて、そのあいだおれたちは南軍の兵士たちと戦う、てな具合さ。連隊にも命令が出てる。司令部に行くところを見かけたやつから、ちょっと前に教えてもらった。それに、宿営地じゅうで大騒ぎになってるだろ。誰だって分かるって」

「嘘っぱちだ!」やかまし屋の兵士は言った。

若者はしばらく黙っていた。ようやく口を開き、のっぽの兵士に話しかけた。「ジム!」

「なんだよ」

「連隊はどれくらいやれると思う?」

「そりゃまあ、いざ始まったら、あいつらだってちゃんと戦うだろうさ」と、冷静な答えが返ってきた。見事なほど他人《ひと》ごとの口ぶりだった。「もちろん、あいつらは新入りだってんで散々からかわれたりなんだりした。でもちゃんと戦うだろうさ」

「逃げ出すやつはいると思うか？」若者はなおも尋ねる。

「まあ、何人かはいるかもな。でも、それはどの連隊だって同じだし、初めて銃撃を食らうとなりゃしかたない」のっぽの兵士はもの分かりのいい口調だった。「もちろん、いきなり大きな戦闘が始まったら、総崩れで逃げるかもしれないし、踏ん張って堂々と戦うかもしれない。でも、どっちかに賭けるのはむりだな。そりゃ、やつらはまだ戦闘を知らないし、はじめっからいきなり反乱軍をこてんぱんに負かすなんてことはなさそうだが、まわりと比べて良くも悪くもない戦いぶりになるんじゃないかな。おれはそう思うね。新入りだのなんだのって言われてる。でもいいとこの出なんだし、ほとんどは死に物狂いで戦うさ。いざ銃撃が始まればな」。その最後のひと言に、彼はかなりの力を込めていた。

「なにを知ったような口を――」と、やかまし屋の兵士が蔑むように言いかけた。のっぽの兵士は荒々しい顔でその兵士のほうを向いた。ふたりは猛烈な勢いで口論を始め、耳慣れない罵《ののし》り言葉を浴びせ合った。

そのうち、若者が割って入った。「ジム、自分は逃げ出すかもしれないって考えたりしたか？」その言葉の締めくくりに笑い出し、冗談のふりをしようとした。やかまし屋の兵士もくすくす笑った。

のっぽの兵士は片手を振った。「まあな」と意味ありげな口調で言った。「考えたことはある。その手の小競り合いが、このジム・コンクリン様にはちと手に負えなくなって、まわりがみんな尻尾《しっぽ》巻いて逃げ出すとなったら、おれだって逃げ出すさ。そしていざ逃げるとなったら、おれは猛烈に走ってみせるぜ。でも、みんなが踏みとどまって戦ってるんなら、おれだってそうする。そりゃそうだろ。賭けたっていい」

「よく言うよ！」とやかまし屋の兵士は言う。

この物語の主人公たる若者は、戦友のその言葉を聞けてうれしかった。まだ戦闘を知らない男たちはみな、自信をみなぎらせているのではないかと心配だったのだ。今は、少し安心できた。

第2章

翌朝になると、のっぽの兵士が触れ回っていた話は間違いだったことが分かった。昨日は何があっても彼の言うとおりだと言っていた男たちは、掌《てのひら》を返してのっぽの兵士を口々に笑い者にしていたし、噂をまったく信じなかった男たちもせせら笑っていた。のっぽの兵士はチャットフィールド・コーナーズ出身の男と喧嘩になり、相手を叩きのめした。

だが、若者にとっては、あの不安はなくなってなどいなかった。むしろ、引き延ばされていらいらする気持ちが募っただけだった。のっぽの兵士の話のせいで、不安の種が心のなかで芽吹いてしまった。新たに生まれた疑念を抱えてはいたが、青服の軍隊による示威行動の一部という自分の持ち場に戻るしかなかった。

何日も、絶えまなく計算をしたが、どれも見事に期待はずれだった。何ひとつ証明できなかった。ついに、自分の勇気を証明する方法はただひとつ、炎のなかに踏み込み、美醜どちらに足が向かうのか確かめてみるしかない、という結論に達した。じっと座ったまま、心のなかで数式を並べたところで答えが導き出せるわけではない。渋々ながらそう認めた。答えを得るためには、炎と血と危険が必要になる。錬金術師があれこれのものを必要とするように。そこで、彼はじれったい気持ちで機会を待った。

一方で、仲間たちと自分を絶えず比べようとした。のっぽの兵士は、安心する材料をくれた。清々《すがすが》しいまでに心配とは無縁のこの男のおかげで、少し自信が持てた。彼とは子供のころからの付き合いなのだし、よく知るこの男に負けるわけがない。とはいえ、のっぽの兵士は自分を見誤っているのかもしれない。これまでは平凡な生活と無名の身とを運命づけられていたが、実は戦争で輝くような男なのかもしれない。

自分自身を疑っている兵士が、ほかにもいないものか。心の内が似た者同士だったと分かれば、それほどうれしいことはない。

ときおり、仲間の誰かに鎌をかけるようにして、内心ではどう思っているのか探ってみた。あたりを見回して、それらしき雰囲気の兵士はいないかと探した。そうしてはみたが、若者が秘かに抱いているような不安を何らかの形で打ち明ける言葉を引き出すことはできなかった。自分の心配事を人前で口にするのは怖かった。打ち明けた相手が悪く、それを聞いた彼らに優越感から嘲笑《ちょうしょう》されるのではないかと心配だったからだ。

仲間たちに関して、気分によってふたつの思いのあいだを揺れ動いた。彼らはみな英雄なのだと信じたくなるときもあった。たいていの場合は、自分以外の兵士たちはより優れた資質に恵まれているのだと心のなかで認めた。何気なく日々を過ごしているようで、実は彼らは目には見えない勇気の持ち主だということが分かったし、仲間たちの多くは子供のころからの知り合いだったとはいえ、今まで彼らのことをあまり分かっていなかったのではないかと心配になった。そしてまた一方で、そんなふうに思うなんてばかげていると思い、仲間たちもみんな心のなかで不安を抱えて震えているのだ、と自分に言い聞かせるときもあった。

そうやってせめぎ合う感情のせいで、待ち受けている戦闘について、一緒にいる男たちがこれから幕が上がる劇の話でもしているように胸を躍らせて話し、顔には熱意と好奇心しか浮かんでいないのを見ると、奇妙に思えてしまった。しばしば、彼らは嘘つきではないかと疑った。

そうした思いが頭をよぎるたび、おれはなんていやな男なのかと思ってしまう。大声で自分を叱りつけることもあった。神々《こうごう》しい伝統に対する恥ずべき犯罪の数々について、弁解の余地はない。

大きな不安に苛《さいな》まれた心は、耐えがたいほど動きの遅い将軍たちに対して、絶えず不満の声を上げていた。将軍たちは川の土手でのんびり構え、大いなる不安の重みに屈するおれを見殺しにしているのだ。若者はすぐにでもけりをつけたかった。こんな重みをずっと背負ってはいられない。司令官たちへの怒りが激しくなり、古参兵のようにぶつぶつと呟《つぶや》きつつ宿営地を歩き回ることもあった。

ところがある日の朝、気がつけば、若者は準備を整えた連隊の隊列のなかにいた。兵士たちはひそひそ声で憶測を交わし、もうなじみの噂を次々に口にした。夜明け前の薄明かりのなか、彼らの軍服は深紫の色合いに輝いていた。川の対岸ではまだ、無数の赤い眼がじっとこちらを見つめている。東の空にうっすらと広がる黄色い雲は、近づいてくる太陽のために敷かれた絨毯《じゅうたん》のようだった。そしてそれを背景に、巨漢の将軍と巨大な馬のシルエットが黒い模様のようにそびえている。

少し離れた暗がりから、地面を踏む足音が聞こえてきた。暗い影が怪物のようにいくつも動いているのが、ときおり若者にも見えた。かなり長いあいだ、連隊は休めの姿勢で立っていた。若者は気がはやった。こんな手順を踏んで、いつまで待たせるつもりなのか。

あたりを見回し、揺らめく暗がりを見てじっくりと考えていると、遠くの不穏な空が今にも燃え上がり、轟《とどろ》くような交戦の音が耳に届くような気がしてならない。川の対岸にある赤い眼をじっと見つめてみると、それが大きくなっていき、並んだ竜の眼が進んでくるように思える。大佐のほうを向くと、ちょうど大佐は巨大な片腕を持ち上げ、落ち着いた様子で口ひげを撫でていた。

ついに、丘のふもとを走る道のあたりから、一頭の馬が駆けてくるひづめの音が聞こえてくる。命令を届けにきたにちがいない。若者は前のめりになり、息もできずにいた。ひづめが重々しく地面を叩く、胸躍る音は、しだいに大きくなるにつれ、彼の魂を打ちつけてくるようにさえ思える。じきに騎手が装備をやかましく鳴らしながら現れると、連隊長の大佐の前で手綱《たづな》を引いて馬を止めた。ふたりのあいだで、手短に、鋭い口調で言葉が交わされる。前の列にいる兵士たちは聞き耳を立てた。

騎手は馬の向きをぐるりと変え、また駆け去っていく途中で振り返り、「あの葉巻の箱をお忘れなく！」と叫んだ。大佐はもごもごと返事をした。葉巻の箱が戦争と何の関係があるのか、若者には不思議だった。

しばらくすると、連隊はさっと動いて暗がりに入っていった。無数の足を動かして進んでいく怪物のようだった。空気は重く、露がつくほど冷えていた。行軍していく足元で濡れた草むらがさらさらと音を立てた。

こうして這《は》って進んでいく巨大な怪物たちの背中で、鋼鉄がときおりきらめく。道からは、むっつりと押し黙る大砲が軋《きし》みつつ引きずられていく音がしている。

とぼとぼと歩きながら、兵士たちはまだ憶測を口にしていた。声を抑えての議論になっていた。兵士がひとり転び、地面に落としたライフルに手を伸ばしたちょうどそのとき、それを見ていなかった仲間に手を踏まれてしまった。指を負傷したその兵士は、苦々しい罵声を上げた。さざめくような控えめな笑い声が隊列に広がった。

じきに彼らは道路に出て、楽な足取りで進んでいった。前には黒く見える連隊が歩いている。後ろからも、行軍する兵士たちの装備がぶつかり合う音がする。

広がりつつある空の明るみが、彼らの背後に黄色い光を走らせていた。ついに日光の筋が射《さ》し込み、大地を柔らかく照らし出すと、その全貌が若者にも見えてきた。兵士たちがつくる二本の黒く細長い列が、前方では丘の頂上に、後方では森のなかに消えている。二匹の蛇が、夜という洞窟から這い出てきたようだ。

川はどこにも見当たらない。どうだおれの直感は正しかっただろ、とのっぽの兵士は自慢し始めた。

その仲間の何人かも、おれだって同じことを考えてたんだと声を上げ、得意げに話していた。だが、のっぽの兵士が言っていたような作戦とはぜんぜんちがう、と言う男たちもいて、自分たちの説を曲げようとはしなかった。白熱した議論が繰り広げられた。

若者はそれには加わらなかった。ぞんざいに歩きつつ、自分を相手に終わりのない問答をしていた。どうしても、あのことを考えてしまう。むっつりとうなだれ、あたりに目を走らせた。前を見ては、前方から銃撃のけたたましい音がしないものかと期待した。

だが、長い二匹の蛇は丘から丘へゆっくりと這うだけで、硝煙が吹きつけてくることはない。黒ずんだ土埃《つちぼこり》の雲が、右に向かって流れていった。頭上の空は瑠璃色《るりいろ》だった。

若者は隊の仲間たちの顔をじっと眺め、自分と似た思いが表れてはいないかと目を光らせた。その期待は裏切られた。古参の部隊は高ぶる熱情に浮き立って歌い出さんばかりになっていて、それが新兵の連隊にも伝染していた。兵士たちは知ったような口ぶりで勝利のことを話していた。それに、のっぽの兵士の言ったとおり、彼らは間違いなく敵の背後に回り込もうとしていた。彼らは川の土手に残された友軍を哀れみ、自分たちが襲いかかる部隊にいることをありがたく思っていた。

まわりの兵士たちとのあいだの溝を感じていた若者は、隊列に広がっていく威勢のいい言葉を耳にして悲しくなった。中隊のひょうきん者たちはここぞとばかりに芸を披露していた。連隊は笑い声に合わせて歩を進めた。

やかまし屋の兵士は、のっぽの兵士を辛辣《しんらつ》な口調で冷やかし、しばしば隊列は笑いで身悶《みもだ》えした。

そのうちに、兵士たちはみな任務を忘れてしまったかに見えた。どの旅団もそろって笑顔になり、どの連隊も笑い声を上げた。

太っちょの兵士が、一軒の家の前庭から馬を一頭盗み出そうとした。その馬に荷物を背負ってもらおうという腹づもりだった。その戦利品を連れて逃げようとしていたところに、若い女が家から駆け出てくると、馬のたてがみをつかんだ。そして奪い合いになった。若い女は頬を紅潮させて目を爛々と輝かせ、びくともしない石像のように立ちはだかっていた。

道路でその様子を見守っていた連隊は一斉に声を上げ、若い女の味方をした。この出来事にすっかり夢中になり、自分たちが向かっている大掛かりな戦争のことをすっかり忘れてしまった。盗賊の真似をした二等兵に野次を浴びせ、彼の外見の醜さをあれやこれやと並び立てた。そして、若い女を熱烈に応援していた。

少し離れたところから、思い切った助言が彼女に飛んだ。「棒で殴ってやれ！」兵士が馬を得られないまま戻ってくると、連隊は彼の敗走にどっと沸いた。勝ちどきの声や口笛が浴びせられた。兵士たちは口々にお祝いの言葉をかけたが、若い女は息を大きく弾ませて兵士たちを睨《にら》みつけていた。

夜になると、行軍の列はそれぞれの連隊に分かれ、野原でばらばらに露営した。奇妙な植物が生えてくるように、テントがあちこちに立った。赤い奇妙な花のようなかがり火が闇に点々と浮かんだ。

若者はできるだけ仲間たちと話さないようにした。夜になると、暗がりに足を踏み入れた。そうして少し離れてみると、数多くの火と、そこから発せられる深紅の光の前を行き来する男たちの暗い影は、奇妙で悪魔めいた光景になった。

草地で横になった。細長い葉がそっと頰に当たる。明るい月が出ていて、今は梢《こずえ》にかかっている。流れ動く夜の静けさに包まれていると、自分がどうしようもなく哀れに思えてきた。穏やかな風が心地よく体に当たる。暗闇のすべてが、思い悩む彼に同情しているようだ。

故郷に戻りたい、と心から願った。家から納屋へ、納屋から畑へ、畑から納屋へ、納屋から家へ、果てしなく巡っていたい。ぶち柄の牛とその仲間たちにしじゅう悪態をつき、乳搾り用の腰かけを投げ飛ばしていたことを思い出した。だが、振り返ってみれば、どの牛の頭にも幸福の光の輪があり、そのそばに戻れるのなら、この大陸にあるすべての真鍮《しんちゅう》のボタンを犠牲にしても構わなかった。おれは兵士には向いていないんだ、と自分に向かって言った。そして、小鬼のように火のまわりをひらひらと動く男たちと自分が根本的にどうちがうのかについて思いを巡らせた。

考え込んでいると、草がさらさらと音を立てた。その音のほうを向くと、やかまし屋の兵士がいた。「ウィルソンじゃないか！」と若者は声をかけた。

あとから来た兵士は近づいてくると、若者を見下ろした。「おい、こりゃヘンリーじゃないか。ここで何してるんだ」

「まあ、考え事さ」若者は言った。

やかまし屋の兵士は腰を下ろすと、慎重な手つきでパイプに火をつけた。「浮かない顔だな、おい。ずいぶんやつれてるみたいじゃないか。どうしたっていうんだ？」

「いや、別に」若者は答えた。

すると、やかまし屋の兵士は待ち望んだ戦闘について話し始めた。「さあ、やってやるぞ！」と話す少年めいた顔は喜びにあふれ、声はいきいきとしていた。「やってやるぞ。ここにきてようやくぶっ潰してやる！　本当のことを言えばさ」と、醒《さ》めた口調になって彼は言葉を継いだ。「今までは、やつらに散々やられてきた。でも今回はちがう。今度こそは、ばっちり叩き潰してやるからな！」

「ちょっと前まで、お前はこの行軍に文句を言ってたじゃないか」若者は冷たく言った。

「いや、それはちがう」彼は答えた。「行軍は別にいいんだ。その先に戦闘があればな。おれがいやなのは、わけも分からないままあっちへこっちへ動かされて、足が痛くて配給が足りなくなったところではい終わりってやつさ」

「まあ、ジム・コンクリンが言うには、今回はたっぷり戦闘があるらしいな」

「あいつの言うとおりさ。まぐれ当たりだろうけどな。今度こそはでかい戦闘ってことになるし、最後には絶対おれたちが勝つさ。こてんぱんにしてやる！」

彼は立ち上がり、興奮した足取りで行ったり来たりした。熱に浮かされた、跳ねるような足取りだった。勝利を信じる彼は威勢がよく、全身に力をみなぎらせていた。誇らしげな澄んだ目で未来を覗《のぞ》き、年老いた兵士の雰囲気で断言していた。

しばらく、若者は黙ったままその様子を見つめていた。そして口を開いたときに出てきた言葉は、コーヒーの澱《おり》のように苦々しかった。「そりゃ、お前はすごいことをやってのけるだろうさ！」

やかまし屋の兵士は、考え込むような煙の塊をパイプから吐き出した。「それはどうかな」と、重々しく言った。「そいつはどうかな。みんなと変わらない戦いぶりになるさ。必死でやるよ」。明らかに、謙虚な自分をひけらかしていた。

「いざってときに逃げ出さないって、どうやって分かるんだ？」若者は尋ねた。

「逃げ出す？」やかまし屋の兵士は言った。「逃げ出すって？　そんなわけあるかよ！」彼は笑い出した。

「だってさ」と若者は話を続けた。「これまでにも、戦う前はさあやってやるって思ってた立派なやつらがさ、いざとなったら一目散に逃げたってのはごまんとあるわけだろ」

「そりゃそうだろうさ。でもおれはちがう。おれが逃げるほうに金を賭けたやつは損するだけさ」彼は自信たっぷりに頷いた。

「おいおい！」若者は言った。「お前だって世界一の勇者ってわけじゃないだろ？」

「そりゃちがうとも」やかまし屋の兵士は憤慨して叫んだ。「そんなことは言ってないだろ。言ったのは、自分なりに戦うってことさ。そうだろ。今だってそう思ってる。そもそもさ、お前はどうなんだ？　おれ様はナポレオン・ボナパルトだってか？」彼は若者をしばらく睨みつけると、大股で去っていった。

若者は仲間の背中に荒っぽく声をかけた。「おい、怒ることないだろ！」だが、相手は答えずにそのまま行ってしまった。

傷ついた仲間が立ち去ってしまうと、宇宙でひとりぼっちになった気がした。ほんの少しでも自分に似た気持ちを見つけられなかったことで、それまで以上に惨めになった。誰ひとり、そんな不安と内心で格闘しているようには見えない。彼は心の内では孤児だった。

のろのろと自分のテントに戻り、いびきをかくのっぽの兵士のそばに毛布を敷いて横になった。暗闇のなか、千もの舌をもつ恐怖という怪物が「逃げ出せ」と後ろからひっきりなしに唆《そそのか》してくるのに、ほかの男たちは国のために落ち着き払って戦っている、そんな光景が目に浮かんだ。この怪物は、おれにはどうにもできない。全身を走るすべての神経が耳になって、その声を聞いているのに、ほかのやつらは鈍感で何も聞こえていない。

そうした思いで汗をかいていると、低く落ち着いた声が耳に入ってきた。「五枚賭ける」「六にしろよ」「七だ」「じゃあ七」

テントの白い壁に映る、赤く揺らめく火の光を見つめていると、やがて、ひとりだけ不安に苦しんでいるせいで疲れきって気分が悪くなり、若者は眠りに落ちた。

第3章

また夜になると、紫色の縞に変わった隊列は二本の浮き橋をぞろぞろと渡った。ひとつだけまばゆく輝く火が、川面《かわも》をワインの色に染めている。ひしめき合って動く部隊を照らすその光の筋は、そこかしこで銀色や金色にきらめいた。対岸には、暗く謎めいた丘の連なりが空に曲線を描いていた。

背の低い森が作る洞窟から、いつ敵軍が襲い掛かってきてもおかしくない。渡り終えた若者はそう確信した。暗闇をしっかりと見張った。

だが、彼の連隊は苦もなく露営地にたどり着き、兵士たちは疲れきって深い眠りを貪った。翌朝は早くから追い立てられ、細い道を急ぎ足で進んで森の深くに入った。

その強行軍のなかで、連隊は新しい部隊としての特徴を次々に失っていった。

兵士たちは何キロ行進したかを指で数えるようになり、疲れてきた。「足は痛いし食料は足りねえ、それだけだ」と、やかまし屋の兵士は言った。みな汗をかき、ぶつぶつ文句を言った。しばらくすると、背嚢《はいのう》を下ろし始めた。さらりと捨ててしまう者、しっかりと隠してあとで都合のいいときに取りに戻ってくると言い張る者。兵士たちは分厚い肌着を脱ぎ捨てた。やがて、必要な衣服や毛布、雑嚢や水筒、武器と弾薬以外は誰も持ち運ばなくなった。「これで飯を食って撃てるな」のっぽの兵士は若者に言った。「それができればいいんだ」

突如として、すべて規定どおりだが動きが重い歩兵隊は、身軽で実用的な歩兵隊に姿を変えた。重荷から解き放たれた連隊は、新たに勢いづいた。だが、貴重な背嚢の多くは失われ、かなりいい肌着もなくなってしまった。

それでも、見た目はまだ歴戦の兵士たちというわけにはいかない。歴戦の連隊といえば小ぶりな集団になるものだ。かつて、部隊が初めて実地に出たとき、巡回していた何人かの古参兵がその隊列の長さに目を留め、こう声をかけてきたことがあった。「おいあんたら、これは何の旅団なんだ?」おれたちは連隊だよ、旅団じゃない、と彼らが答えると、年長の兵士たちは笑って「こりゃまいったな!」と言った。

それから、帽子も互いに似すぎていた。ある連隊の帽子には、数年分の歴史が刻まれるものだ。それに、連隊の旗にある金色の文字も薄れかけてはいなかった。文字は真新しくきれいで、旗手は柄をつねに油で磨いていた。

じきに、軍はまた腰を下ろして考えにふけった。平穏な松の匂いが、兵士たちの鼻をくすぐる。単調に斧を振るうような音が森に響き、枝にとまっている昆虫は老婆のように低い声で鳴いている。青服の軍による示威行動のための行軍なのではないかという自分の説に、若者の思いは戻っていった。

ところが、灰色の夜明けに、彼はのっぽの兵士に片脚を蹴られ、完全に目覚める間もなく、気がつけば森の道を走っていた。まわりにいる兵士たちは、一気に駆け出したせいで息を切らせていた。何歩か歩くたびに水筒が太ももに当たり、雑嚢がそっと上下する。一歩ごとにマスケット銃が肩から少しだけ跳ね、帽子は頭の上でせわしなく動く。

きれぎれのささやき声で兵士たちが言葉を交わすのが聞こえた。「なあ――これはいったい――何なんだ？」「どうして――おれたちは――あわててこっちに向かってるんだ？」「ビリー――おれの足を踏むなって。牛みたいに――走るなよ」そして、やかまし屋の兵士の甲高《かんだか》い声が聞こえた。「何だってこんなにあわててるんだよ？」

早朝の湿った霧が、駆けていく部隊に蹴散らされていく。若者にはそう思えた。いきなり、遠くのほうからいくつか銃声が聞こえた。

状況がよく分からない。仲間たちと走りながら、どうにか考えようとしたが、分かることといえば、倒れてしまったら後ろから走ってくる男たちに踏まれるということだけだった。障害物を避けたり越えたりすることに神経を集中すべきだ。暴徒に運ばれていくような気がした。

太陽の光が一気に広がる。ひとつまたひとつと、各連隊は武器を持ち、大地から生まれたばかりの兵士のように、広々としたところに駆け出る。ついにそのときが来たか、と若者は察した。まさに今、おれは試されるのだ。大いなる試練を前にして、一瞬、赤ん坊のような気分になり、心臓を覆う肉はかなり薄いように思えた。頃合いを見計らって抜け目なくあたりを見回した。

だが、連隊から逃げ出すことはできないことがすぐに分かった。若者は隊に包み込まれていた。さらに、軍の伝統という鉄の掟と法が四方を固めていた。彼は動く箱のなかにいるのだ。

そのことに気がつくと、そもそも戦争になど行きたくなかったのだという思いが胸をよぎった。自分の意思で入隊したのではない。無情な政府によって引きずり込まれたのだ。そして今は、なすすべもなく殺されようとしている。

連隊は土手をすべり下り、のたうつようにして小川を渡る。喪に服しているような水はゆっくりと流れていき、影で黒くなった水からは、白い泡の眼がいくつも男たちを見つめていた。

対岸にある土手を上り始めると、大砲の轟音が聞こえてきた。すると、若者は今までのことをほとんど忘れて好奇心に駆られた。血に飢えた男ですら追いつけないほどの速さで、一気に土手を上がった。

戦闘を見られるのだと思った。

森にすっかり取り囲まれている小さな野原がいくつかあった。草地のいたるところ、あるいは木々の幹のあいだに、斥候兵《せっこうへい》たちが小さく固まったりうねる線のようになったりしながら走り回り、風景に向けて発砲しているのが見えた。日光によって橙色《だいだいいろ》になった空き地に、黒い戦列が作られていた。旗がひとつはためいていた。

ほかの連隊も、もがきつつ土手を上がってきた。旅団は整列し直し、少し止まってから、後退してくる斥候兵たちの後方の森をゆっくりと進んでいった。斥候兵たちは風景に溶け込んでは、もっと先にふたたび姿を現すということを繰り返していた。蜂のようにせわしなく動き回り、ささやかな戦闘に没頭していた。

若者はすべてをしっかりと見ようとした。木や枝をよけようともせず、すっかり忘れられた足はしじゅう石にぶつかったりイバラに絡まったりした。激しく動く兵士たちが、柔らかな緑色や茶色の布地に赤く織り込まれて目立っていることは分かった。戦場にはとうてい向かないところだ。

前進する斥候隊に、彼は魅了された。茂みや、遠くに高くそびえる木々に撃ち込まれる彼らの銃弾は、目には見えないところにある、謎めいていて物々しい悲劇を物語っていた。

あるとき、隊列はひとりの兵士の死体に出くわした。その死体は仰向《あおむ》けになり、空をじっと見つめていた。黄味がかった茶色の不恰好な軍服[4]を着ていた。靴底がすり減って便箋くらいにまで薄くなっているのが若者にも分かったし、靴の片方の裂け目からは死人の足先が痛ましく飛び出していた。その兵士は運命に裏切られたかのよう

4　友軍と思われる。

だった。友人たちには隠し通していたかもしれない貧しさを、運命は敵に向けてさらけ出してしまったのだ。

隊列はそっと開き、その亡骸《なきがら》をよけていった。死人が、自分の道を空けさせたのだ。その灰色の顔を、若者はまじまじと見つめた。黄褐色のあごひげを風が持ち上げた。手でそっと撫でているような動きだった。その死体のまわりを歩き回ってじっくりと眺めたい、とぼんやりと思った。あの不安に対する答えを死した者の目に読み取りたいという、生きる者の衝動だった。

行軍を続けるうちに、まだ戦場が見えないところで若者が身につけてきた熱意はあっさりと消え失せた。好奇心はいとも簡単に満たされた。川の土手を上がった彼の目に、激戦の場面が飛び込んできたとしたら、そのまま突き進んでいったかもしれない。〈自然〉のなかのこの行軍は、あまりに穏やかだった。そのあいだ、彼はじっくり考えてしまった。自問自答し、隅々まで感覚を探る時間があった。

ばかげた考えに襲われた。風景を楽しめていない、と思ったのだ。それどころか、風景に脅かされている。背中を寒気が走り、ズボンは脚にまったく合っていないように思えた。

遠くの野原に穏やかに建つ一軒の家が、不吉に思えた。森の影にはどれもぞっとさせられた。その木々のどこかに、間違いなく、獰猛《どうもう》な目の持ち主が潜んでいる。ある思いが頭をかすめた。自分たちの前に何があるのか、将軍たちは分かっていない。すべては罠なのだ。突如として、近くにある森はどれもライフルだらけになるだろう。おれたちはすべて生贄《いけにえ》にされるんだ。将軍たちはばかだ。敵はあっさりと全軍を飲み込んでしまうだろう。若者は必死な目であたりを見回し、自分の死がこっそりと近づいてくるものと思った。

隊列から離れ、仲間たちにしっかりと言ってやらないと。あっさり殺されるわけにはいかない。おれが知っている危険を教えてやらなければ、きっと殺されてしまう。先にあるのは殺戮の場だと分かっているのに軍を進めていくなんて、将軍たちはばかもいいところだ。この軍団でまともに目が付いているのはおれだけだ。ここはひとつ、教えてやろう。熱意あふれる甲高い言葉が喉元から出かかった。

隊列は地形に応じて分かれて進み、物静かに野原や森を進んでいる。すぐ近くにいる兵士たちに目をやると、たいていは深く何かに没頭する顔つきになっていた。何かを夢中で調べているような顔。ひとりかふたり、すでに戦争に飛び込んだような、大げさで勇ましい雰囲気で進んでいる男もいた。ほかの兵士たちは、薄氷を踏むような足取りだった。まだ戦闘経験のない兵士たちのほとんどは、静かに集中しているようだった。彼らが目にしようとしているのは、戦争という赤い獣なのだ。戦争、つまりは血を飲んで膨れ上がった神。そして、兵士たちは行軍にすっかり没頭している。

まわりの様子を見た若者は、叫び声を上げる寸前で押さえ込んだ。もし兵士たちが恐怖でよろめいていたとしても、自分の警告を聞いたら笑うだけだろう。鼻で笑われるだろうし、もしかしたら雨あられと石を投げつけてくるかもしれない。もしも自分が間違っていたら、熱っぽく語っても蛆虫《うじむし》扱いされるだけだ。

そこで、はっきりとは書かれていない責任をたったひとりで背負う男の態度を装った。ぐずぐず歩き、悲劇的な目でちらちらと空を見上げた。

すぐに、意外なことが起きた。歩兵中隊の若い中尉が、剣で勢いよく若者を叩いてきて、偉そうに声を張り上げてきたのだ。「おい、若いの、そこの隊列に入っておけ。ここでこそこそしたって無駄だからな」。そう言って、若者の歩調を急がせた。優れた洞察力を持つ兵士の真価が分かっていない中尉を、若者は憎んだ。あんな男、ただのごろつきだ。

しばらくすると、光が射し込んで大聖堂の内部のようになっている森で、旅団は立ち止まった。斥候隊の銃声はまだ続いていた。木々が作る通路の奥で、彼らのライフルから出た煙が漂っている。白くまとまった小さな玉になって上がっていくときもある。

立ち止まっているあいだに、連隊の兵士の多くが、自分たちの前に小さな壁を作り始めた。石や小枝や土など、銃弾から身を守ってくれそうなものは何でも使った。かなり大きな壁を作る者もいれば、小さな壁でよしとする者もいた。

その作業をめぐって、男たちのあいだで議論になった。決闘のような戦いを望む兵士は、まっすぐ立って頭のてっぺんから足のつま先まで正々堂々と敵に見えるようにすべきだと信じていた。壁なんかをこしらえて用心するなんて情けないじゃないか、と彼らは言った。だが、その声に嘲笑を返し、隊の側面でテリア犬のように地面を掘っている古参兵たちを指す兵士たちもいた。たちまちのうちに、連隊の外側に沿ってかなり立派な壁ができあがった。ところがまもなく、そこから退却せよと命令された。

若者はあっけにとられた。前進の際にあれほど不安になったことも忘れてしまった。

「おいおい、何のためにここまで行進させられたんだよ?」と、のっぽの兵士に噛《か》みついた。のっぽの兵士は落ち着いた自信ある口ぶりで、複雑な説明を始めたが、どちらにせよ、細心の注意を払って作り上げた石と土のささやかな盾を離れねばならなかった。

別の場所で整列した連隊の兵士たちは、身の安全のため、それぞれがまた小さな防御の壁をずらりと築いた。彼らは三つめの場所で昼食にした。そこからも移動させられた。次から次に行軍させられたが、目的があるようには思えなかった。男は戦闘で変身を遂げるのだ、と若者は教わっていた。そうした変身によって救われるのだと思っていた。それが、こうして待機させられるのだから苦しくてしかたがない。気持ちがはやった。将軍たちの作戦に一貫性がないことの証《あかし》ではないか。のっぽの兵士に文句を言い始めた。「もういい加減にしてくれよ」と声を上げた。「足が疲れるばっかりで、なんの意味があるんだ」。青服の軍の存在を誇示するだけの作戦だと知っていた彼は、宿営地に戻りたかった。そうでないのなら戦闘に入り、自分を疑っていたなんてばかだった、実は自分は昔ながらの勇気ある男だったのだと知りたかった。今の引き延ばされた状況は耐えがたいものだった。

哲学者のようなのっぽの兵士は、大型のクラッカーと豚肉のサンドイッチをしげしげと見つめると、無造作に口に詰め込んだ。「まあ、おれたちがそこらを偵察して回れば、とにかくやつらを遠ざけておけるんだろうな。それとも、やつらの兵力と配置を確かめようとしてるか」

「よく言うよ！」やかまし屋の兵士は言った。

「なあ」まだもじもじしつつ、若者は声を上げた。「そこらじゅうをうろつきまわって、ろくに何もしないまま疲れていくだけなんて、どう見てもおかしいじゃないか」

「おれもそう思うな」とやかまし屋の兵士は言った。「こいつはおかしい。いいか、ちょっとでもまともな頭がこの軍を動かしてりゃ、今ごろ――」

「おい、黙れよ！」とのっぽの兵士は吠えるように言った。「ちびのばか。ちびの役立たずめ。そのコートとズボンを着てまだ半年も経《た》ってねえってのに、その口ぶりときたら――」

「おれはさ、戦闘がしたいんだよ」相手は話を遮った。「散歩しに来たんじゃねえ。散歩がしたけりゃ、家でだってできる。納屋のまわりを延々と歩いてりゃいい」

のっぽの兵士は顔を真っ赤にして、絶望のあまり毒をあおるようにサンドイッチをもうひとつ頬張った。
だが、噛んでいるうちに、また落ち着いて満足げな顔になった。そんなサンドイッチがあるのだから、口論で怒り狂ってなどいられない。食事中の彼はいつも、頬張った食べ物をうっとりと味わっている様子だった。彼の霊は食品と交わっているようだった。

のっぽの兵士は新しい環境と状況をさらりと受け入れ、暇さえあれば背嚢の食べ物を口にしていた。行軍のときには狩人のような大股になり、どれほど急《せ》かされても、どれほど遠くに移動させられても文句を言わなかった。石と土で作った防御用の壁は三つとも、祖母に捧げてもいいほど見事な出来映えだったが、そこから離れるように命じられても不満の声を上げはしなかった。

午後になると、連隊は朝にも通った場所に差しかかった。そのとき、若者は風景に怯《おび》えることはなくなった。近くにいたことがあるのだから、もう慣れた風景だった。

だが、新しい土地に入っていくとなると、将軍たちは愚かで無能なのだという思いにまた襲われた。しかし今回は毅然《きぜん》とした態度をとり、その思いには好きなように言わせておいた。自分の不安にかかりきりだった彼は、必死の思いのなかで、愚かな作戦だとしても大した意味はないと決め込んだ。

さっさと殺されて心配とはおさらばしたほうがいいのだ、と心を決めたつもりでいた。ちらりと目にした死体は、休息しているだけのように思えたので、それまで殺されるかもしれないとあれほど動転してしまっていたことがばからしくなった。自分は死ぬ。そして、理解してもらえる場所へ行く。中尉のような男たちに、深く優れた洞察力を分かってもらおうなどと期待しても無駄というものだ。理解してもらいたければ、行くべきは墓だ。

斥候隊の銃声が大きさを増し、長い音になる。遠くで上がる歓声がそれに混じる。砲列が口を開く。

じきに、斥候隊が走っていく姿が見えた。マスケット銃の音が彼らを追っていた。少しすると、熱く危険なライフルの閃光が見えるようになった。ゆっくりと、傲然と、野原を横切っていく硝煙の雲はどれも、注意深い亡霊のようだ。その騒音は、近づいてくる汽車のように、しだいに大きくなった。

彼らの前から右にかけて広がる旅団は、耳をつんざくような雄《お》叫《たけ》びを上げて戦闘を開始した。旅団が爆発したかのようだった。しばらくすると、その旅団は遠くにある灰色の長い壁の後ろに展開したが、よく見てみれば、その壁は硝煙だった。あれだけ戦死しようと思っていたことも忘れ、若者は魔法をかけられたように目が釘づけになった。繰り広げられる戦闘を、大きく見開いた目で追った。口は半開きだった。

突然、悲しげな手が肩にずしりと置かれた。茫然《ぼうぜん》と見つめていた若者がはっと振り向くと、やかまし屋の兵士がいた。

「おれの人生最初で最後の戦闘だよ」彼は陰鬱な口調で言った。顔はすっかり青白くなり、少女のような唇はわなないていた。

「え？」虚を突かれた若者は口ごもった。

「これが最初で最後の戦闘なんだ」やかまし屋の兵士は続けた。「どこかそんな気が――」

「何だって？」

「この初戦でおれはお陀仏《だぶつ》だ。だから……その……ここにあるものを、おれの、おれの……家族に届けてくれ」。その言葉は、みずからを哀れんで体を震わせるすすり泣きに変わった。彼は黄色い紙で包んだ小さな荷物を若者に渡した。

「おい、いったい何だって――」若者はまた言いかけた。

だが、やかまし屋の兵士は、墓の底から見上げるように若者に目を向けると、預言者めいた力ない動きで片手を上げ、そして去っていった。

第4章

小さな森の端で、旅団は止まるよう命じられた。兵士たちは木々のあいだにしゃがみこみ、落ち着かない動きで銃を野原のほうに向けた。硝煙の向こうを見ようとした。煙のなかで、走っている男たちの姿が見えてきた。戦況をがなり立て、何かの身振りをしながら急ぐ兵士もいる。

新入りの連隊の男たちは食い入るように見つめて耳をそばだたせ、戦闘に関する噂を口走った。知らない世界から飛び立つ鳥のように、噂がすいすいと口から出た。

「ペリーは追い込まれてひどい打撃を食らったって話だぞ」

「そうさ、キャロットが病院行きだ。病気なんだってさ。あの切れ者の中尉がG中隊の指揮をしてる。部下たちは、脱走することになったってキャロットの下には戻りたくないって言ってる。みんな知ってるのさ、あいつは――」

「ハニシーズの砲兵隊がやられたってな」

「そんなわけねえよ。左のほうにハニシーズの砲兵隊がいるのが見えた。たった十五分前だぞ」

「ええと――」

「将軍がさ、おれたちが戦闘になれば、第三〇四連隊の全面指揮を執るって言ってる。それから、今までどんな連隊もやらなかったような戦いをするぞってさ」

「左からやられてるって話だ。敵はおれたちの隊列を沼に追い込んでしまって、ハニシーズの砲兵隊を壊滅させたって」

「ありえねえって。ハニシーズの砲兵隊はついさっきこのへんにいたんだぞ」

「あのハスブルックのやつ、あいつはいい士官だな。何があってもひるまねえ」

「第一四八メイン連隊の男に会ったんだけどさ、そいつの旅団は幹線道路のところで反乱軍と激突して四時間やり合って、五千人は殺したって言ってた。もう一回あんな戦闘をやったら、この戦争はもう終わるってさ」

「ビルもびびっちゃいねえ。そうだとも！　ビルはそうそうびびらねえ。怒り狂ってるだけさ。片手を踏まれたときに言ってたよ。国のためなら喜んで手を差し出すけど、アメリカじゅうのばかどもにいちいち踏まれるんじゃたまらねえってな。てことで、戦闘なんかそっちのけで病院に行ったよ。指が三本潰れてた。三本とも切断するって医者に言われてビルは大騒ぎしたって話だ。変なやつさ」

前方の騒々しい音は膨れ上がり、とてつもない合唱になった。若者と仲間たちは黙りこくった。煙のなか、怒ったように揺れている旗が見える。その近くに、揺れ動く軍勢がぼんやりと浮かぶ。そして、兵士たちが騒々しい流れとなって野原を越えてくる。全速力で走って位置を変える砲兵隊は、ついていけない兵士を左右にまき散らしていく。

首を引っ込めた予備隊の上を、死を告げる女妖精《バンシー》のような鋭い声とともに砲弾が飛んでいった。小さな森のなかに着弾し、赤い色で爆発すると、茶色い土を吹き飛ばした。

銃弾が枝のあいだを切り裂き、木々に突き刺さる。千本ものごく小さな透明の斧が振るわれているかのように、小枝や葉が次々に落ちてくる。多くの兵士たちは絶えまなく頭を動かしては引っ込めていた。

若者の中隊の中尉が片手を撃たれた。中尉が猛烈な勢いで悪態をつき始めたため、連隊にこわばった笑いが広がった。新入りたちの張り詰めた心持ちは少し和らいだ。汚い口ぶりだが、内容は陳腐だった。家で鋲《びょう》打ちハンマーを使っていて指を叩いてしまったような罵声だった。

中尉は負傷した手をそっと体の脇から離し、ズボンに血がつかないようにした。中隊長は剣を小脇に挟むとハンカチを取り出し、中尉の手に巻きつけ始めた。どうやって巻きつけるべきかで言い争いになった。

遠くでは、軍旗が狂ったように揺れている。苦痛からどうにか逃れようとするかのように。たなびく煙のなかを、無数の閃光が水平に走る。

兵士たちが煙から駆け出てきた。その数がしだいに増え、じきに、隊全体が逃げているのが分かった。突如として、旗は死にかけているかのように沈んでいく。倒れていくその動きが、絶望を物語っている。

煙の壁の奥から荒々しい怒号が響く。灰色と赤色のぼんやりとした塊は、野生の馬の群れのように一体となって猛然と走る暴徒めいた男たちの姿に変わった。

第三〇四連隊の左右にいる古参兵たちの連隊は、ただちに嘲《あざけ》り始めた。銃弾と砲弾の金切り声による情熱的な歌に、野次や口笛、あそこなら安全だぞとばかにしたように教える声が混じった。

だが、新兵の連隊は恐怖のあまり息もつけなかった。「何てこった！　ソーンダーズの部隊が壊滅だ！」と、若者のすぐ横にいた男はささやいた。彼らは後ずさりし、迫りつつある洪水に備えさせられているかのように身構えた。

若者は連隊の青い隊列をさっと見渡した。どの横顔も、彫り刻まれたかのように動かない。旗手の軍曹が、まるで人に押し倒されると思っているかのような仁王立ちになっていたことを、あとで彼は思い出した。

それに続いて殺到する人の流れが、渦巻くように側面を通っていった。ちらほら目に入る士官たちは怒った様子で、木の破片のように人の洪水に流されていく。彼らは剣と左の拳《こぶし》を振り回し、届くところにある頭を手当たりしだいに殴っていた。追いはぎのように口汚く罵《ののし》っていた。

馬に乗った士官が、甘やかされた子供のように派手な怒りをあらわにしていた。頭と両手足を動かして怒っていた。

もうひとり、旅団の指揮官は怒鳴り散らしながら馬で駆け回っていた。帽子はなくなっていて、軍服はよじれていた。寝ぼけ眼《まなこ》でかがり火のところに来た男のようだった。彼が走らせる馬は、逃げる兵士たちの頭を踏みつけそうになったが、男たちは運よく逃げおおせていた。殺到して走っていく兵士たちは、何も聞こえず、何も見えていないようだ。四方八方からどれほどの大声でどれほど延々と罵られようと、彼らはまったく取り合わなかった。

その騒乱のなか、古参兵たちの辛辣《しんらつ》な冗談がしばしば聞こえてきた。だが、退却していく兵士たちは、見世物になっていることにさえ気づいていなかった。

狂ったような流れになった人々の顔に、一瞬、はっきりと戦闘の姿が映し出されている。それを見た若者は思った。両足がちゃんと頭の言うことを聞くとしても、おれをここにとどまらせておくのは、力強い天の手であってもむりだろう。

兵士たちの顔には、ぞっとするような刻印が押されていた。煙のなかでの戦闘の苦しさは、色の消えた頬と、たったひとつの欲望でぎらつく目によって、さらに強烈なものになっていた。

その総崩れを目にしたことで川の氾濫のような力が生じ、枝も石も男たちも、まとめて地面から引きずられていくように思えた。予備隊である彼らは、持ちこたえねばならない。彼らは顔を青ざめさせて身を引き締めたり、顔を赤らめて震えたりした。

混沌のさなか、若者はどうにかひとつだけ考えた。目の前の軍を敗走させた、いくつもの体から成る怪物は、まだ姿を現してはいない。それをしっかりと目に焼きつけようという気持ちを固め、そして思った。おれなら、誰よりもうまく逃げられる。

第5章

しばらく、空白の時間があった。故郷での春の日、サーカス団のパレードが到着する前の村の通りを、若者は思い出した。男の子だった自分が胸を躍らせてそこに立ち、パレードで白馬にまたがる薄汚れた婦人や色あせた四輪馬車に乗った楽団についていこうとしている。黄色い道、わくわくした顔で並ぶ人々、無関心な家並み。なかでもはっきりと覚えていたのは、店の前でクラッカーの箱に腰を下ろし、パレードなどくだらないと見下すふりをする老人の姿だった。千もの微細な色と形が、彼の脳裏に押し寄せた。その中心には、クラッカーの箱に座った老人がいた。

「来たぞ!」誰かが叫んだ。

兵士たちから、身動きの音とつぶやき声が上がった。彼らは熱に浮かされたように、ありとあらゆる弾薬を手元に持っておこうとした。箱があちこちに引っ張っていかれ、慎重に置かれる。それはまるで、七百もの新しい帽子を試着しているかのようだった。のっぽの兵士は、自分のライフルの準備を終え、赤いハンカチらしきものを取り出した。彼がそのハンカチを首回りにきっちりと結わえようとしていたそのとき、あの叫び声が、隊列のあちこちでくぐもった音になって響いた。

「来たぞ！　来たぞ！」

銃の引き金が次々にかちりと鳴る。

煙が立ちこめる野原を、茶色い群れになった男たちが、鋭い叫び声を上げて走ってくる。体をかがめ、あらゆる角度にライフルを振り回して進んでくる。前に傾いた旗が、その先頭近くを疾走している。

彼らを目にした若者は、一瞬ぎくりとした。おれの銃には弾が入っていないのではないか。立ったまま、弱っていく思考を総動員し、弾をこめたときのことを思い出そうとした。だが、思い出せない。

軍帽をかぶっていない将軍が、汗をしたたらせる馬を引き、第三〇四連隊の大佐の隣に止まらせた。将軍は大佐の鼻先で拳を振り回した。「やつらを食い止めろ！」と荒々しく怒鳴った。「ここを守るんだ！」

動揺した大佐は口ごもった。「わ、わ、わ、分かりました、将軍！　か、か、神にかけて、し、し、死に物狂いでやります」。将軍は大げさな身振りをすると、馬に乗って走り去った。いらだちを吐き出すためか、大佐は水をかけられたオウムのように兵士たちに小言を言い始めた。若者がさっと振り返り、後方はまだ大丈夫か確かめようとすると、司令官である大佐はひどく怒った目で兵士たちを睨《にら》みつけていた。こんな頼りない兵士たちと関わっていることが情けなくてしかたないようだった。

若者のすぐ横で、男が独り言のように呟《つぶや》いた。「こいつはまずいことになるぞ！　こいつはまずい！」

中隊長は後ろにいて、興奮した足取りで歩き回っていた。初等教科書を持った少年たちを相手にした学校の教師のような口ぶりだった。同じ言葉を延々と繰り返してばかりいた。「射撃は控えるんだぞ、いいか……おれがいいと言うまで撃つんじゃないぞ……弾を節約するんだ……やつらが近づいてくるまで待て……ばかなまねはするなよ……」

汗が若者の顔を伝っていき、彼は泣きじゃくるいたずらっ子のような汚れた顔になった。びくついた手つきで、コートの袖で目を何度も拭う。口はまだ半開きになっていた。

目の前の野原に群がる敵軍をちらりと見ると、自分の銃に弾が入っているかどうかは頭から消え去った。心の準備を待たず、さあやるぞと自分に言い聞かせるよりも早く、彼は自分に忠実なライフルをしっかりと構え、ともかく最初の一発を放った。彼は機械のような動きで銃撃していた。

心配事がふっと消え、牙をむいてくる運命は目に入らなくなる。彼はひとりの人間ではなく、ひとつの歯車になったのだ。自分が組み込まれている連隊、軍、大義、さらには国が危機を迎えている。彼はたったひとつの欲望に貫かれた集合体の一員だった。しばらく、小指が手から逃げ出せないのと同じように、彼はその人格から逃げることができなかった。

連隊が粉砕されてしまうと思ったなら、そこから自分を切り離すことはできたかもしれない。だが、まわりの物音に彼は安心した。連隊は、一度火がつけば勢いが弱まるまで暴れ回る花火のようだった。強烈な力により、ぜいぜいという音と銃声を響かせている。打ち砕かれた者たちが連隊の前の地面に散らばっている光景を、彼は思い浮かべた。

いつも、まわりに仲間がいるという感覚はあった。彼が感じた仲間意識は戦いの大義よりも強かった。煙と死の危険によって結ばれた、謎めいた絆《きずな》だった。

彼にはやるべきことがある。多くの箱を作ってきた大工が、もうひとつ、ただし猛烈に急いで箱を作っているようなものだった。思考がばらばらな方向に散っていく彼の頭のなかは、口笛を吹いて大工仕事をしながら友人や敵や家や酒場のことを考えているのに似ていた。あとになってみれば、がくがく揺れる夢のようなその場面は完全ではなく、ぼやけた像の塊として心に残っていた。

彼はただちに、戦争の空気がもたらしたものを感じ取った。水ぶくれのような汗、熱した石のように眼球が割れそうな感覚。耳を満たして焦げつく轟音。

それに続いて、赤い怒りの熱がこみ上げてくる。しつこく攻撃されている動物のような、おっとりした牛が犬の群れに悩まされているようないらだちが募る。自分のライフルが一度にひとりの命しか狙えないことがもどかしくなった。前に駆け出していき、自分の指で相手の首を絞めてやりたい。若者はそう思った。あたりをさっと払うような仕草をすればすべてが一掃される、そんな力がほしい。自分の無力さを見せつけられ、追い込まれた獣の怒りを覚えた。

無数のライフルから昇る煙に埋もれた若者の怒りは、自分に向かって突撃してくる男たちに対してではなく、渦巻いて彼を窒息させ、からからになった喉に煙のロープを押しこんでくる戦闘の亡霊たちに向けられた。どうにか五感を休めよう、息をつこうと必死でもがく彼は、息がつまりかけた赤子が、命を奪おうとする毛布をはねのけようとしているようだった。

どの顔にも、熱くあざやかな怒りに混じり、一心に集中する表情が浮かんでいる。多くの兵士は口から低い音を発している。そうした抑え気味の歓声、うなり声、罵《ののし》り、祈りが、荒々しく野蛮なひとつの歌となる。音の底流のような奇妙な詠唱が、鳴り響く戦場の行進曲に添えられている。若者のすぐそばの兵士は早口でぶつぶつ言っていた。赤子がひとりでなにかを言っているような穏やかさだった。のっぽの兵士は大声で罵っていた。その唇から、聞き慣れない悪態が黒い列となって歩み出た。別の兵士がいきなり、帽子をどこかに置き忘れてしまった男のように不満をぶちまけた。「なあ、どうして援軍がないんだ？　どうして援軍をよこさない？　あいつら、もしかして……」

戦闘という名の眠りに入っていた若者の耳には、その言葉は夢のように響いた。

勇ましい立ち姿はどこにも見当たらない。体をかがめ、怒りに任せて大急ぎで走る男たちは、ありとあらゆる姿勢になっている。兵士たちが必死になって鋼鉄製の槊杖《さくじょう》をライフルの熱い銃身に突っ込む音が絶えまなく響く。弾薬筒の箱の垂れぶたはすべて開けられ、兵士が動くたびにつられて上下動する。弾をこめ、すぐにライフルを肩に当て、銃弾を放つ。おそらくはよく狙いもせずに、煙のなかに向かって撃つか、あるいは、魔法使いが手を動かして大きくしていく操り人形のように、連隊の前の野原でしだいに大きくなっていくぼんやりと動く影めがけて撃っている。

射撃の合間に、後方にいる士官たちはもう仁王立ちになってはいなかった。あちこちを走り回り、指令や激励の言葉をがなりたてていた。その声の大きさは尋常ではなかった。肺が潰れても構うものかという勢いだ。そしてしばしば、これから逆立ちするのかと思うほど前のめりになり、勢いよくたなびく硝煙の奥にいる敵の姿をよく見ようとしていた。

中隊の中尉は、仲間たちが最初に一斉射撃したときに叫んで逃げ出した兵士と鉢合わせしていた。隊列の後ろで、ふたりはちょっとした劇の一幕を演じていた。泣きわめき、羊のような目つきを見せるその兵士を、中尉は襟のところでつかんで殴っていた。何度も殴り、兵士を隊列に追い戻した。兵士はのろのろした機械のように戻りながら、動物じみた目を中尉から離さなかった。ひょっとすると、神聖な言葉が、中尉の声を通じて兵士に告げられたのかもしれない。厳しく、容赦なく、恐怖などまったく感じられない声で。兵士は銃に弾をこめ直そうとしたが、手が震えてうまくできなかった。中尉がそれに手を貸してやっていた。

あちこちで、男たちが藁束《わらたば》のように地面に倒れていく。戦闘が始まってまもなく、隊長は戦死していた。その死体は疲れて休んでいるような姿勢で地面に伸びていたが、顔には、友に裏切られたかのような驚きと悲しみの表情が浮かんでいた。早口でまくしたてていた男の顔を弾がかすめ、大きな血の筋が流れていた。彼は両手を頭に当てた。「うわ!」と言い、逃げ出した。別の男はいきなり、棍棒で腹を殴られたようなうなり声を上げた。地面にへたりこみ、悲しげな目つきになる。その目には、もの言わぬ、誰に向けるでもない非難の色があった。列のさらに先では、弾丸に片足の膝を砕かれた男が木の陰に立っていた。彼は撃たれてすぐにライフルを落とし、両腕で木に抱きついていた。そのまま必死にしがみつき、もう木から手を離したいから助けてくれと叫んでいた。

やがて、高揚した歓声が、隊列を震わせつつ伝わっていく。耳をつんざく射撃の音は弱まっていき、最後に一発だけ、恨みがましい音が軽く鳴った。ゆっくりと煙が晴れていくと、敵を撃退したことが若者にも分かった。敵はやる気を失ったいくつかの集団に分かれている。男がひとり、丸太の柵の上によじ登り、横木にまたがると、空に発砲して撤退を知らせた。波は引き、地面に黒い破壊の跡をいくつも残していった。

連隊の何名かは、錯乱したように歓声を上げた。だが多くは黙りこくり、深く考え込もうとしているようだった。

全身の血から熱が引くと、若者はついに窒息してしまうかと思った。それまで戦っていた場所の空気の悪さに気がついたのだ。鋳造所で働く男のように体は汚れ、汗がしたたっている。水筒をつかむと、ぬるくなった水をごくごくと飲んだ。

隊列のあちこちで上がる声は、形は違えど同じことを言っている。「よし、撃退したぞ。やつらを撃退した。そうだよな」。兵士たちはうっとりとそう言い、汚れた顔に浮かべた笑みを互いに向けた。

若者は振り返って後ろを、それから左右の遠くのほうを見やった。ようやく周囲を見回せるという喜びを味わった。

足元では、亡霊じみた人影がいくつか動かなくなっていた。彼らはひどくよじれた体勢で倒れていた。腕は曲がり、首はありえないくらいねじれている。そんな恰好になるからには、かなりの高さから落ちたのだろう、空から地面に投げ捨てられたのかと思うほどだ。

森の後方に配置された砲兵中隊が、彼らの頭越しに砲撃していた。大砲が次々に放つ閃光に、若者は最初びくっとした。自分めがけて砲撃しているのだと思った。木々のあいだから、きびきびと動く砲兵たちの黒い人影が見えた。かなり複雑な作業をしているようだ。混沌のさなかでどうやって手順を思い出せるのか、彼には不思議だった。

大砲は、先住民の族長たちのようにどっしりと並んでいる。そして激しい議論をいきなり始める。それは猛々《たけだけ》しい集会《パウワウ》だった。お付きの者たちがせっせと走り回っていた。

傷ついた男たちは小さな列になり、わびしい歩調で退いた。彼らは引き裂かれた旅団から流れる血だった。

右のほう、そして左のほうには、別の部隊が列をなして暗い影を作っていた。はるか前方には、森のところどころから、明るい色の集団が突き出ているように思える。何千人という、数え切れないほどの兵士の気配がある。一度、小さな砲兵隊が地平線を駆けていく姿が目に入った。小さな点ほどに見える騎手たちが、小さな点ほどの馬を鞭《むち》打っていた。なだらかな丘から、雄叫《おたけ》びと衝突の音が聞こえてくる。木の葉のあいだから煙がゆっくりと湧き上がる。

砲兵隊は雷のような堂々とした声を出した。あちこちで掲げられた旗には、赤い縞が目立っていた。旗は暗い色の部隊のところどころに暖かい色をつけていた。その旗の数々を見ると、若者はかつての興奮を覚えた。それは嵐にもめげることのない美しい鳥たちのようだった。

丘のほうからの叫び声、左の遠くから響いてくる脈動するような轟《とどろ》き、そして、あちこちから聞こえるそれよりも小さな音。そうした音に耳を傾けていると、胸をふとよぎる思いがあった。あそこでも、あそこでも、みんなは戦っているのだ。それまでの彼は、目の前の戦闘がすべてなのだと思っていた。

あたりを見回した。青く抜けるような空と、木々や野原に照りつける太陽に、目を射貫《いぬ》かれるような思いがした。驚くべきことに、これほどの邪悪な行いのさなかにあっても、〈自然〉は落ち着きはらって、美しき営みを続けているのだ。

第6章

若者はゆっくりとわれに返っていった。しだいに、また自分を眺められるようになった。しばらくは茫然《ぼうぜん》としたまま、生まれて初めて目を向けるように自分の体を見つめた。それから、地面にあった制帽を拾った。上着のなかで身をよじって体に合うようにすると、片膝をついて靴紐を結び直した。汗まみれの顔を入念に拭った。

そうか、ついに終わったのか。最大の試練は過ぎ去った。戦争という、赤く圧倒的な困難は退けられたのだ。

うっとりと満足感に浸った。人生で、これほどまでの喜びを味わったことはなかった。まるで自分から離れた場所に立っているかのように、彼は最後の場面を振り返った。その男の戦いぶりは見事だと思えた。

おれは優れた男なのだ。かつては雲の上の存在に思えた理想の男たちと肩を並べている。深い感謝の念に、彼は笑みを浮かべた。優しさと善意の笑顔を仲間たちに向けた。「やれやれ、暑いな！　そうだろ？」と、汗びっしょりの顔を上着の袖でていねいに拭いている男ににこやかに声をかけた。「おう！」と、にやりとした笑みとともに答えが返ってきた。「こんなに暑いのは初めてだな」。その男は地面に悠々と寝そべった。「ふう！　月曜から一週間は、もう戦闘はごめんだな」

あちこちで、握手や心からの会話が交わされている。なじみのある顔の数々と自分の心がつながっているように思えた。若者は悪態をついている男を手伝い、向こうずねの傷に布を巻いてやった。

だが、突然、新兵の隊列に驚きの叫び声が響き渡った。「また来たぞ！　また来たぞ！」大の字になっていた男は跳び起きると、「ちくしょう！」と言った。

若者は野原に目をやった。遠くの森から出てくる人影の塊が、大きさを増している。傾いた旗がふたたび疾走してくる。

しばらく連隊の耳を悩ませていなかった砲弾が、また旋回しながら宙を飛んでくると、草地や木の枝で爆発する。奇妙な戦争の花が、燃え立つように満開になる。

男たちはうめいた。目からは輝きが消えていった。汚れた顔には、深い落胆が表れていた。彼らはこわばった体をゆっくりと動かしながら、狂ったように前進してくる敵をむっつりと眺めた。この神の聖堂で重労働を課されている奴隷たちは、仕事の厳しさに反発し始めた。

彼らはいらだち、互いに不平を言った。「なあおい、もういい加減にしてもらいたいよ！　どうして誰も援軍を送ってこないんだ?」

「二回目の攻撃には持ちこたえられやしない。反乱軍を一手に引き受けるためにここに来たんじゃないぜ」

もの悲しい声を上げる男がいた。「おれがビル・スミザースの手を踏んだんじゃなくて、その逆ならよかったのに」。連隊は痛む関節を軋《きし》らせながら、敵を撃退すべくどうにか配置についた。

若者は目を凝らした。こんなことはありえない。起こるはずがない。敵がいきなり足を止め、謝り、お辞儀をして引き返してくれるとでも思っているかのように、彼は待った。それはまったくの間違いだった。

連隊のどこかで射撃が始まり、さざ波のように隊列の両側に広がっていった。水平に広がる銃火から生じた硝煙は大きな雲になり、穏やかな風に吹かれて地面近くで形を失うと、火格子を抜けるようにして隊列をかすめていく。その雲は、日が当たったところは土のような黄色、陰のところは悲しげな青色になっていた。旗はその煙の塊に食われて姿を消すときもあるが、たいていは高々と掲げられて日光を浴び、光り輝いている。

若者は疲れ果てた馬のような目つきになった。首は不安のせいで細かく震え、両腕には血が通っていないように感覚がない。両手も、透明な手袋でもはめているかのようにかさばって感じられる。膝にはまったく力が入らない。

射撃が始まる前に仲間たちが口にしていた言葉が、脳裏に蘇《よみがえ》る。「なあおい、もういい加減にしてもらいたいよ！　おれたちをなんだと思ってるんだ。どうして誰も援軍を送ってこないんだ？　反乱軍を一手に引き受けるためにここに来たんじゃないぜ」

突撃してくる兵士たちの体力も技術も勇気も、実際以上に優れたものに思える。疲労でよろめいていた若者は、かくも執念深い敵を前にして茫然となった。彼らは鋼鉄の機械にちがいない。そんな敵と戦ったところで先はない。日没まで戦い続けることになるかもしれない。

ゆっくりとライフルを構えた。人で覆われた野原がちらりと見えると、駆け足になった人の群れに一発を放った。それから動きを止め、煙越しにどうにか見ようとした。とぎれとぎれに見える地面を覆う男たちは、追われる小鬼のように走り、怒鳴っている。

若者にとってそれは、押し寄せてくる恐るべき竜の群れだった。赤と緑の怪物に迫られて足がすくんだ男、それが彼だ。おののきつつも耳をすまして待った。目を閉じて、むさぼり食われるのを待っているように。

それまでは大急ぎでライフルを扱っていた近くの男が、ぴたりと手を止めると、叫び声を上げて逃げ出した。また別の、豪胆な顔つきに命を投げ出す覚悟を滲《にじ》ませていた若い男は、一瞬のうちに打ちひしがれた。真夜中に断崖の縁まで来ていて突然気がついたように、顔が真っ青になった。そして何ごとかを悟った。その若い男も、銃を投げ捨てて逃げた。恥も外聞もなかった。兎のように逃げていった。

ほかの兵士たちも煙のなかをあわてて逃げ始めた。その動きに揺さぶられ、若者は茫然とした心持ちからわれに返った。連隊に置き去りにされてしまうのか。逃げていく人影がいくつか目に入る。

若者は恐怖の叫び声を上げ、あちこちに走った。凄まじい音のなか、彼はまさに鶏のようだった。どこが安全なのか分からない。あらゆるところから死が迫ってくる。すぐに、跳ねるようにして後方に走り出した。ライフルも、制帽もなくなっていた。ボタンが外れた外套が風で膨らむ。弾薬筒入れの垂れぶたは荒々しく跳ね、細いひものついた水筒は体の後ろで揺れる。彼の顔には、想像するかぎりのあらゆる恐怖が浮かんでいた。

中尉が怒鳴りながら走り出てきた。顔を怒りで赤らめ、剣を振り回した。それを見た若者は、こんな状況で剣を抜くなんて妙なやつだとしか思わなかった。

若者はやみくもに走った。何度か転んだ。一度など、木に肩を思い切りぶつけてしまい、頭から地面に突っ込んだ。

戦闘に背中を向けているせいで、恐怖が凄まじく膨れ上がる。今にも後ろから肩甲骨のあいだを突いてこようかという死の存在は、正面から眉間《みけん》を打とうとする死の存在よりもはるかに恐ろしいものだ。あとからそれを思い返したときは、ぞっとするものが聞こえているよりも、見えているほうがはるかにましだと思った。戦闘の音は、どれも岩のようだった。自分は押し潰されてしまうのだと彼は思い込んだ。

走っていくと、ほかの男たちに合流した。右にも左にも人の影がぼんやりと見え、後ろでは足音が聞こえる。不穏に轟《とどろ》く音に追われ、全連隊が逃走しているのだと彼は思った。

後ろをついてくる足音が、逃げていく彼にわずかばかりの安心感を与えてくれた。心のどこかで、死はすぐ手近にいる者たちを最初に選ぶはずだと思った。つまり、竜たちが真っ先に餌食にするのは、後ろにいる男たちだろう。そこで若者は、正気を失った短距離走者のように必死で走り、彼らより前にいようとした。それは競走だった。

追い抜かれることなく小さな野原を駆け抜けると、次は砲撃に狙われた場所だった。砲弾が荒々しい金切り声を上げながら頭上を飛んでいく。その音を耳にした彼は、砲弾には残忍な牙がずらりとそろい、それを自分に向けてむき出しているのだと想像した。一発が前方に落ち、その爆発のまばゆい光で、彼は目指す方向に進むことができなくなった。地面に突っ伏し、そして跳ね起きると、藪《やぶ》をいくつか抜けて走っていった。

交戦中の砲兵隊が見えるところに来ると、驚きで体がぞくぞくした。そこにいる兵士たちはふだんどおりの様子で、迫りつつある破滅にまったく気がついていないらしい。砲兵隊は遠くの敵と争っていて、砲兵たちは砲撃にすっかり夢中になっていた。彼らは腰を曲げて大砲をなだめすかす体勢を崩さなかった。大砲の背中を軽く叩き、励ましの言葉をかけているように見えた。ずっしりとしてたじろぐ気配のない大砲は、頑固で勇ましい言葉を吐き出した。

照準兵たちは冷静に動いている。あらゆる機会に目を上げ、敵の砲兵隊が砲撃してくる煙に巻かれた丘をうかがっていた。若者は走りつつ、彼らを哀れんだ。几帳面なばかども。機械のような間抜けたちだ。歩兵隊が森から一気に突撃してきているというのに、相手の砲兵中隊の陣列に撃ち込んで悦《えつ》に入《い》っているとは。

穏やかな農家の庭にでもいるかのように無表情な顔の若い騎兵が、半狂乱になった馬を操っている姿は、彼の心に強く焼きついた。そこにいるのは、すぐに死ぬことになる男だった。

そしてまた、戦友同士のように肩を並べる六門の大砲にも哀れみを覚えた。

苦戦している味方の救援に向かう旅団を見かけた。若者はちょっとした坂を一気に駆け上がると、その様子を眺めた。足場の悪い場所でも美しい隊列を崩すことなく、彼らは速やかに進んでいく。隊列の青い色に鋼鉄の色が上塗りされ、色あざやかな旗がいくつもひるがえっていた。士官たちが怒鳴っていた。

それを見て、彼はまた驚いた。その旅団はきびきびと走り、戦争の神がいくつも開けた地獄の口を目指していく。いったいどういう兵士たちなのだろう。とんでもない勇気だ。あるいは、何も分かっていない愚か者たちなのか。

吠えるような声で命令が出されると、砲兵隊はあわてて動き出した。跳ねるように走る馬に乗った士官が、両腕を狂ったように振り回す。つながれた馬たちは後方にある丘を上がっていき、大砲もくるりと逆を向き、砲兵隊は急いで後退していく。鼻を斜めにして地面をつつく大砲は、勇猛だが意に反して急《せ》かされる太った男たちのように、ぶつぶつと不満の声を上げた。

若者は進んでいったが、もう音は小さくなっていたので、少し速度を緩めた。

しばらくすると、馬にまたがった師団の将軍が目に入った。馬は興味深そうに戦闘のほうに耳をそばだてている。馬具には黄色いエナメル革がはっきりと輝いていた。もの言わぬ将軍は、壮麗な軍馬の上ではくすんだねずみ色に見えた。

装備の音をやかましく立てながら、部下たちがそこかしこを走り回っていた。将軍は馬に乗った兵士たちに囲まれることもあれば、まったく独りになっていることもあった。かなりいらだっているようだ。見たところは、市場の乱高下に翻弄される実業家のようだった。

若者はその近くをこそこそと動いた。勇気を出してなるだけ近くに行き、何かを盗み聞きしようとした。ひょっとすると、この混乱を理解できない将軍が、戦況はどうなっているのかと声をかけてくれるかもしれない。将軍に伝えられることはある。混乱に関してはすべてを知っているのだから。間違いなく軍は劣勢に立たされているし、撤退できるうちにしておかねば、どんな愚か者であっても……。

その将軍を殴ってやりたいと思った。少なくとも近づいていき、将軍のことをどう思っているのかをはっきりと伝えたかった。一か所に落ち着いてとどまり、破壊の手を止める努力を何もしないなんて卑怯《ひきょう》だ。師団の司令官から声がかからないかと期待で胸を膨らませ、彼はその場でぐずぐずしていた。

用心しつつ歩き回っていると、将軍がいらだった声で命令を飛ばすのが聞こえた。

「トムキンス、テイラーのところに行って、あんまりあわてふためくんじゃないと言ってこい。旅団を森の端で止めるように言え。それから、連隊をひとつ派遣させろ。

少し助けてやらないと中央を突破されそうだからな。すぐやれと言ってこい」

美しい栗毛の馬に乗った細身の士官が、司令官の口から次々に出る言葉を預かった。士官は歩くように動いていた馬を一気に全速力で走らせ、任務に向かう。土埃《つちぼこり》が巻き上がる。

しばらくすると、将軍が馬にまたがったまま、興奮して体を上下に揺さぶる姿が見えた。

「そうだ、あいつらはやってのけた！」将軍は身を乗り出した。顔は興奮で燃え立っている。「そうとも、守りきった！　守りきったぞ！」

将軍は陽気な口調で部下たちに大声を出した。「やつらを叩きのめしてやるぞ。叩きのめしてやるとも。もうこっちのもんだ」。唐突に、副官のほうを向いた。「おい、お前……ジョーンズ、急いでトムキンスのあとを追え。テイラーのところに行って、攻撃を開始せよと言え。手を緩めるなとか、烈火のごとく戦えとか、何でもいいから言ってこい」

もうひとりの士官が馬を走らせ、最初の伝令を追うと、将軍は太陽のような笑みを地面に向けた。その目には、讃歌を唄いたいという思いが滲んでいた。「守りきったぞ！」と言い続けていた。

その興奮ぶりに、馬が脚を跳ね上げると、将軍は楽しげに馬を蹴って悪態をついた。将軍は馬上で喜びを爆発させていた。

第7章

犯罪の現場を押さえられたかのように、若者は体がすくんだ。なんと、自分たちは勝っていたのだ。役立たずだったはずの戦列は踏みとどまり、勝利を収めていた。歓声が聞こえてきた。

つま先立ちになり、戦場のほうに目をやった。黄色い靄《もや》が、木の梢《こずえ》のあたりで渦巻いている。その下からは、マスケット銃の乾いた音。しわがれた声が上がり、進軍していることが分かる。

彼は唖然とし、いらだって顔をそむけた。騙されたような気分だった。

あのままだと全滅だったからおれは逃げたんだ、と自分に言い聞かせた。あのときは、軍のほんの小さなかけらである自分を守るために、すべきことをしただけだ。軍のどのかけらだって、命を守るためにできることをするべきだったんだ。あとになれば、士官たちはまた、そのかけらをつなぎ合わせて戦列を作ることができる。もし、あんなときに突風のごとく吹きつけてきた死から自分を守る分別もなかったなら、軍隊など消えてしまうじゃないか。あくまでも正しく、賞賛されるべき規則にしたがっていたことは、どう見ても明らかだ。あれが賢明な行動だった。隅々まで計算されていた。巧みな足さばきだった。

仲間たちのことが頭に浮かぶ。頼りない青い隊列は攻撃に耐え、そして勝った。そのことに苦々しい気持ちになった。小さなかけらたちの無知さ加減と愚直さに、自分が裏切られたように思えた。しっかりと頭を働かせていれば、陣列を守るなど不可能だと分かったはずなのに、彼らにはその分別がなかった。そのことで彼は足をすくわれ、打ちひしがれてしまったのだ。暗がりでも遠くを見通すことができた彼は、その感覚と知性の鋭さがゆえに逃げたのだ。仲間たちに対する大きな怒りが湧き上がってきた。彼らが愚かだったことは証明できるはずなのだ。

あとで彼が野営地に姿を現せば、仲間たちは何と言うだろう。自分を嘲笑する大きな声が、心の中で聞こえる。まったく愚鈍な彼らには、自分の鋭い目は理解してもらえないだろう。

急に自分が哀れに思えてきた。どうしておれがこんな目に遭うんだ。鉄のごとき不正義の足に踏みつけられている。知恵と、天に誓って曇りのない心で行動したにもかかわらず、忌々《いまいま》しい状況に行く手を阻まれている。

どんよりとした、動物じみた反抗心が大きくなっていく。仲間たちに対して。戦争そのもの、そして運命に対して。首を垂れてよろよろと歩き、頭のなかでは苦悩と絶望の思いが渦巻く。音がするたびにびくつき、卑屈な顔を上げた彼の目には、さしたる罪でもないのに罰が重すぎるせいで言葉にならない思いが宿っていた。

姿を隠そうとするかのように、野原から、鬱蒼とした森に入った。乾いた銃声が人の声のように聞こえたので、それが届かないところに行きたかった。

地面はつる草や茂みだらけで、木々は花束のように密集して枝を広げていた。それをかき分けて進んでいけば大きな音が出てしまう。脚につるが引っかかり、小枝が木の幹から引き剝《は》がされるときに鋭い叫び声を上げる。こすれて音を立てる若木はどれも、彼がそこにいることを世界に知らせようとする。森を静めることはできなかった。若者が進んでいくと、森はつねに抗議の声を上げた。抱き合う木々やつるを引き離すと、かき乱された枝葉は腕を振り、葉の顔を彼に向けてきた。そうした騒々しい動きや声のせいで、兵士たちの視線が集まってしまわないかと思うと怖かった。そこで、暗く入り組んだ場所を探して奥に向かった。

しばらくすると、マスケット銃の音はかすかになり、大砲が遠くで轟《とどろ》いていた。突如として顔を見せた太陽が、木々のあいだで燃えていた。虫が一定のリズムで鳴いている。一斉に歯を軋らせているようだった。キツツキが一羽、生意気そうに木の側面に頭を打ち付けていた。鳥が一羽、心軽やかに翼を広げて飛んでいく。死の低い轟きは遠くにあった。〈自然〉には耳などないように思えた。

その風景に、心が落ち着いた。生命を手放すことのない、美しい一帯。平和という教えが、そこにはあった。その一帯は、怯《おび》えた目に血を見せつけられれば死んでしまう。〈自然〉とは悲劇を深く嫌う女性なのだ。彼はそう感じ取った。

陽気そうなリスにまつぼっくりを投げつけると、リスは警戒の声を上げて逃げていく。梢の上で立ち止まり、枝の後ろから頭を突き出すと、こわごわ見下ろしてくる。

その光景に、若者は勝ち誇った気分になった。それが法というものだ。〈自然〉が徴《しるし》を見せてくれたのだ。そのリスは危険を察知するやいなや、さっさと逃げ出した。しかと立って、何を投げつけられようとも毛の生えた腹をさらけ出し、同情を求めて天空を見上げつつ死ぬなどということはしない。それどころか、脚を全力で動かして逃げ出したのだ。それに、ごく平凡なリスだった。どう見ても、リスにおける哲学者などではない。若者は歩みを進めつつ、〈自然〉は自分の心と同じなのだと思った。生きた証《あかし》を堂々と見せることで、彼の説を支えてくれているのだ。

あやうく沼に足を踏み入れそうになっていた。湿地の木立を歩き、油っぽい泥に足を取られないように気をつけた。ふと立ち止まってあたりを見回すと、先にある黒い水に小さな動物が飛び込み、そしてすぐ、きらめく魚を捕らえて出てきた。

若者はふたたび深い雑木林に入った。体に当たる小枝の音が、大砲の轟音をかき消した。彼はそのまま歩き続け、人目につかないところからさらに奥深くに身を隠そうと思った。

ついにたどり着いたところでは、高くしなる木々の枝が礼拝堂を作っていた。彼は緑の扉をそっとよけ、礼拝堂に入った。松葉が柔らかな茶色の絨毯《じゅうたん》になっている。神々《こうごう》しい薄明かりがある。

入り口のところで、彼は足を止めた。あるものを目にし、恐怖に足がすくんだ。死んだ兵士が、礼拝堂の柱のような木に背中を預け、彼を見つめている。その軍服はかつては青色だったが、今では陰鬱な緑の色合いになっていた。若者を見据える目は死んだ魚の目のようで、どんよりとした色合いを帯びていた。口は開いていた。赤いはずの口のなかは、恐ろしい黄色に変わっていた。顔の灰色の皮膚の上を、蟻が何匹も走り回っていた。一匹は何かの塊を上唇に沿って運んでいた。

「それ」を前にして、若者は鋭い叫び声を上げた。しばらく、彼は石になってしまった。淀《よど》んだ目をじっと見た。死んだ男と生きた男は、ずっと互いを見つめていた。そして、若者は片手をそろそろと後ろに伸ばし、一本の木を探り当てた。それに寄りかかり、一歩また一歩と後ずさっていきながら、顔はまだ「それ」に向けたままだった。背中を向ければ、その死体がさっと立ち上がって音もなくあとを追ってくるのではないかと思ってしまった。

枝が次々に当たってきては、彼を引き倒そうとしてくる。統率の取れていない足は、忌々しいほどイバラの茂みに引っかかる。そのたびに、あの死体に触れたのではないかという気になってしまう。自分の手がそれに触れたと思うと、深い身震いが体を走る。

ついに、その場に彼をつなぎとめようとする束縛を破り、若者は下生えも気にかけずに逃げ出した。貪欲な黒い蟻たちが灰色の顔に群がり、あろうことか目の近くをうろついていた、あの光景に追い立てられていた。

しばらくすると立ち止まり、すっかり息を切らしながら耳を澄ました。死んだ男が喉元から奇妙な声を発し、恐るべき悪意をもってわめきながら追ってくるような気がした。

礼拝堂の入り口近くの木々は、弱い風でざわざわと揺れていた。小さな聖堂に、悲しい静けさが下りた。

第8章

木々が黄昏《たそがれ》の聖歌を静かに歌い始めた。日は沈んでいき、唐金色《からかねいろ》の光の筋が森を照らし出す。虫たちの鳴き声はひと休みした。虫たちもうつむき、信心深く沈黙を捧げているかのように。木々が声を合わせた詠唱だけが響いていた。

すると、その静けさを轟音が破る。遠くから、強烈な深紅の音が轟《とどろ》く。

若者は足を止めた。恐ろしく混じり合うすべての音に釘づけになった。世界が八つ裂きにされていくかのようだった。マスケット銃の引き裂くような音、大砲の爆発音。あらゆる方向に思いが飛んでいく。ふたつの軍が二頭の豹《ひょう》のように争うさまを思い描いた。しばらく耳を澄ました。それから、戦いに向かって走り出した。あれほどまで苦労して避けたものに今度は走っていくとは、なんとも皮肉なものだ。それは分かっていた。だが、自分にはこう言い聞かせた——地球と月が衝突するとなれば、多くの人が屋根に上がってその瞬間を目にしようとするはずだ。走っていくと、森がその音楽を止めたことに気がついた。ついに、異なる調べに耳を傾ける気になったということなのか。木々は黙り、ぴたりと動きを止めている。すべてが、乾いた破裂音や耳を揺さぶる轟音に聞き入っているようだ。その合唱が、静かな大地の上を鳴り響いている。

若者はふと閃《ひらめ》いた。今しがた経験した戦闘は、射撃の真似ごとにすぎなかったのだ。この轟音を耳にしてみると、自分が目にしたのは本物の戦闘ではなかったのではないかという思いが頭をもたげてきた。今の轟きは、天上の戦いを物語っている。空で争い合う大軍を。

前回の衝突のときの自分と仲間たちのことをあらためて振り返ってみると、少し滑稽だった。みな、自分たちと敵について深刻に考え、戦争の行方がかかっているのだと思い描いていた。兵士たちはそれぞれ、永遠に残る真鍮《しんちゅう》の銘板に自分の名前を深々と刻み込んでいるか、同胞たちの心に不滅の名声を焼きつけているのだと思っていたにちがいない。それが実際には、紙に印刷された記事に虚《むな》しい見出しをつけられるだけだろう。でもそれでいいんだ、と彼は自分に言い聞かせた。でないと、決死隊などの兵士以外は戦闘から逃げ出してしまうじゃないか。

先を急ぐ彼の心は、途方もない戦いを思い描いた。そうした思いを重ねてきたので、場面はありありと浮かんできた。響いてくる音は、雄弁な描写の声だ。

イバラの茂みが鎖となり、彼を留《とど》めようとしてくることもあった。木々は立ちはだかり、腕を広げ、通ってはならぬと命じてくる。敵意を見せられたあと、今度は森に抵抗されるとなると、かなり苦々しい思いがした。〈自然〉には彼を殺す心づもりができていないようだった。

だが、諦めることなく回り道をしていくと、すぐに、灰色の長い煙霧が見えてきた。戦線はそこだ。大砲の声が体を揺さぶってくる。長く不規則にたたみかけてくるマスケット銃の音が耳を刺す。彼はしばらくじっと見つめた。目には戦闘に対する畏怖《いふ》の念が浮かんでいた。戦闘があるほうをぽかんと見ていた。

すぐに、また前に進み始めた。戦闘は、巨大で残酷な機械が軋《きし》りつつ動いているようだ。その複雑さと力、残忍な動きに魅了された。近づいていき、その機械が死体を作り出すところを見なければ。

柵にたどり着き、よじ登って越えた。反対側の地面には服や銃が散乱していた。たたんだ新聞紙が泥のなかに落ちていた。死んだ兵士が、片腕で顔を隠して伸びていた。さらに奥のほうでは、四、五人の亡骸《なきがら》が固まり、もの悲しい一団になっていた。日光がそこに照りつけていた。

そこにいると、自分は侵入者なのだという気がした。戦場で忘れられたこの一帯は、死者たちのものだ。彼は先を急いだ。膨れた死体のひとつが立ち上がり、出て行けと告げるかもしれないという、ぼんやりとした恐怖があった。

ようやく道路にやってくると、遠くで煙に縁取られた黒い軍勢が激しく動いているのが見えた。小道には、血にまみれた人混《ひとご》みがあって、後方に流れていく。負傷した兵士たちが罵《ののし》り、うめき、泣き叫んでいる。巨大な音がつねに宙をうねり、大地を揺り動かせるかとすら思えた。勇ましいひと言を吐き出す大砲と、執念深くひとしきり喋《しゃべ》るマスケット銃に、血に染まった歓声が混じる。その音が響く地域から、傷を負った者たちが絶えることなく流れ出してくる。

負傷兵のひとりは、出血で片方の靴がいっぱいになっていた。遊んでいる児童のように片足で跳んでいた。病的な笑い声を上げていた。

指揮官の将軍が軍をまともに動かせないせいでおれは腕を撃たれてしまったじゃな

いか、と悪態をつく兵士もいた。ひとりは軍楽隊の楽長のようなふんぞり返った姿勢になって歩いていた。陽気さと苦痛が入り混じった、邪悪な顔つきだった。行進しながら、甲高《かんだか》く震える声で、ちょっとした滑稽詩を歌っている。

勝利の歌を歌おうか
ポケットに銃弾詰め込んで
二十五人が死んじゃって
焼かれてパイになったとさ

行列の一部はその曲に合わせて足を引きずり、よろめいていた。別の兵士の顔には、すでに死の灰色の刻印があった。唇は曲がって固い線になり、歯を食いしばっている。傷口を押さえていたために、両手は血にまみれている。頭から倒れ込む瞬間を待っているようだった。兵士というより亡霊のようにゆっくりと歩き、燃えるような目はこの世ならざるものを見据えていた。
むっつりと進んでいく者もいた。傷を負ったことへの怒りをみなぎらせ、何にでも言いがかりをつけてやろうとしていた。

ふたりの二等兵に運ばれている士官がいた。怒りっぽい男だった。「ジョンソン、このばか、あんまり揺らすな」と声を荒げた。「おれの脚は鉄製じゃないんだぞ。ちゃんと運べないなら降ろせ。誰かに代わってもらう」

急ぎ足で自分を運ぶふたりの前をふらふら動く人混みに向かって、その士官は怒鳴った。「なあ、どいてくれないか？　いい加減どいてくれって」

人混みは不機嫌な様子でふたつに分かれ、道の脇によった。そして、運ばれていく士官に生意気な言葉を浴びせた。怒り狂った士官が脅し文句を口にすると、お前なんか地獄に落ちろ、と兵士たちは言った。

靴の音を鳴らしながら士官を運んでいく兵士のひとりが、この世ならざるものを凝視している男に思い切り肩をぶつけた。

若者はその人混みに加わって歩いた。引き裂かれた体はどれも、兵士たちが巻き込まれた機械の恐ろしさを物語っていた。

伝令や急使がときおり群衆を突っ切っていき、傷を負った男たちを道の左右に散らし、馬を全速で走らせていくと、怒号を背中に浴びる。陰鬱な行進は絶えず使者によって乱された。ときには、重い音を立ててせわしなく先を急ぐ砲兵隊がやってきて、道を空けろと士官たちが怒鳴りつけた。

若者のそばを無言でとぼとぼと歩いていたのは、軍服がぼろぼろになった男だった。砂埃《すなぼこり》にまみれ、頭からつま先まで血と火薬のしみがついていた。その男は熱心で謙虚な様子で、あご髭《ひげ》の軍曹が語るおぞましい話に耳を傾けていた。やせ細った顔に畏怖と憧れの色を浮かべている。その様子は、田舎の店で砂糖を入れた樽《たる》に囲まれ、驚くべき物語を聞かされているようだった。田舎者のように口を半開きにして、何も言えずに目を瞠《みは》り、語り部《べ》を見つめている。

それに気がついた軍曹は、細々とした語りをいったんやめて、せせら笑いながらひと言加えた。「おい気をつけろよ、口にハエが入っちまうぞ」

ぼろ服の男は決まり悪そうに引っ込んだ。

しばらくすると、彼は若者に近づき、別のやり方で親しくなろうとした。少女のように穏やかな声で、せがむような目だった。その兵士が二か所に負った傷に、若者は驚いた。頭の傷には血で染まったぼろ布を当てていて、もうひとつの傷は片腕にあり、そのせいで折れた枝のように腕が垂れ下がっていた。

しばらく一緒に歩くと、ぼろ服の男はようやく勇気を出して口を開いた。「かなりいい戦闘だったよな?」と、おずおずと言った。物思いに沈んでいた若者は目を上げ、子羊のような目で血だらけになった男の恐ろしい姿を見た。「何だって?」

「かなりいい戦闘だったよな?」

「そうだな」と若者はぶっきらぼうに答えた。歩みを速めた。

だが、相手は懸命についてきた。どこか申し訳なさそうではあったが、どう見ても少し話をしたがっているだけだ。根はいい男らしいことは若者にも分かった。

「かなりいい戦闘だったよな?」彼は小さな声で話し始め、ようやく思い切ってその先を続けた。「まったくさ、みんなの戦いぶりときたらすごかった。強烈だった!いざってときはやれるはずだって知ってたさ。それまでは見せ場がなかっただけで、今回は本当の姿をばっちり見せてくれた。そうなるって分かってたさ。あんなやつらを倒すなんて、そりゃむりだ。そうとも!あいつらは戦士なんだ」

彼は控えめな憧れのため息をついた。何度も、後押しを求めて若者のほうを見ていた。返事がないのも気にせず、しだいに自分の話に引き込まれていくようだった。

「ジョージアから来たっていう若い男があっちの歩哨だったから話をしてたんだ。するとそいつが言うのさ。『銃声が聞こえたら、お前らみんな一発で逃げ出すさ』って。おれは言ってやったよ。『そうかもな。でもそんな話には乗らねえよ』。そしてこう返してやった。『おいおい、お前らのほうこそ、銃声が聞こえたらびびって逃げ出すんじゃないか』。そいつは笑ったよ。で、今日のおれたちの仲間は逃げなかった。だろ？　逃げなかったさ！　戦って、戦って、とことん戦い抜いたんだ」

彼の歪《ゆが》んだ顔を照らす愛の光は、軍こそ美しく力強いものなのだという思いを告げていた。

しばらくして、彼は若者のほうを向いた。「あんたはさ、どこをやられたんだ？」

と、親しみのこもった声で尋ねた。

若者は一瞬動転してしまった。最初は、その言葉の意味がいまひとつ分からなかった。

「何だって？」

「どこをやられた？」と、ぼろ服の男はもう一度言った。

「それはさ……」と若者は言い始めた。「おれは……その……何というか……」

若者は出し抜けに顔を背けると、人混みのなかを抜けていった。真っ赤になり、指はボタンのひとつをそわそわといじっていた。首を垂れ、目は、何かがおかしいとでもいうようにボタンにずっと釘づけになっていた。

ぼろ服の男は、茫然《ぼうぜん》とその背中を見つめていた。

第9章

若者が行列の後ろのほうに移っていくと、そのうち、ぼろ服の兵士は見えなくなった。若者はまわりと歩調を合わせた。

それでも、傷に囲まれていた。集まった兵士たちは血を流している。ぼろ服の兵士に質問されたことで、若者は自分の恥が人目にさらされてしまうと思った。絶えず横目であたりを窺《うかが》い、額で燃えて刻まれているような罪悪感の文字を見られているのかどうか確かめた。

ちらちらと、傷ついた兵士たちに羨望の眼差《まなざ》しを向けた。深い傷を負った男たちはさぞかし幸せなのだろう。おれにも傷があればいいのに、と願った。つまりは、勇気の赤い勲章が。

先ほどの亡霊のような兵士がそばにいた。まとわりつく非難のように。その男の目はまだ、この世ならざるものを見据えたままだった。ぎょっとするほど土気色《つちけいろ》の顔がまわりの目を集めていて、兵士たちはその男のわびしい歩みに合わせて足取りを緩めていた。男の容態をあれこれ話し合っては尋ね、助言していた。彼は頑固にそれをすべてはねつけ、放っておいてくれ、先に行ってくれという身振りをしていた。顔にかかる影は深くなり、固く結んだ唇は、深い絶望のうめき声をどうにか抑えているようだった。体の動きはどうにもぎこちなく、負った傷の痛みをあまり刺激しないよう細心の注意を払っているようだ。墓選びをしているように、歩きながらもつねに場所を探しているように見えた。

自分も血にまみれながらも他人に哀れみの目を向けるまわりの兵士たちを追い払う男の仕草のどこかに、若者は突然嚙《か》まれたかのようにびくりとなった。恐怖で叫び声を上げた。よろよろと歩み出ると、震える片手を男の腕に置いた。蠟《ろう》のような顔をゆっくりと向けられると、若者は上ずった声で言った。

「おい！　ジム・コンクリンじゃないか！」

のっぽの兵士は、いつもと変わりない笑顔を少し見せた。「おう、ヘンリー」

若者は体を左右に揺らし、奇妙な目つきで睨《にら》んだ。言葉が喉につかえ、口ごもった。

「ジム……ジム……ジム……」

のっぽの兵士は血まみれの片手を差し出した。新しい血の赤と古い血の黒が、妙な組み合わせになっている。「ヘンリー、どこにいたんだ?」と彼は尋ねた。そして単調な声で続けた。「もうやられちまったのかと思ってた。今日は強烈だっただろ。すごく心配してたんだ」

若者はまだ悲しみの声を上げていた。「ジム……ジム……ジム……」

「なあ」とのっぽの兵士は言った。「おれはあそこにいたんだ」。彼はそろそろと身振りして、その方角を示した。「ものすごかったよ! それで、なんと撃たれたってわけだ。撃たれたとも。そう、よりによって撃たれたんだ」。戸惑い気味にそう繰り返す様子は、どうしてそんなことになったのか分かっていないかのようだった。

若者は彼を支えようと両腕を差し出したが、のっぽの兵士は後ろから押されているかのように決然と進んでいった。若者が顔なじみの守護者として登場してからは、ほかの負傷兵たちはさして興味を示さなくなっていた。彼らはまた、自分たちの悲劇とともに足を引きずって下がっていった。

戦友同士で歩いていくと、突如としてのっぽの兵士は恐怖の念に襲われたようだった。灰色のペーストのような顔になり、若者の腕をつかむとあたりをぐるりと見回し、誰かが聞き耳を立ててはいないかと不安そうにしている。そして、震える小声で話し始めた。

「ヘンリー、怖くてしかたがないことがあるんだ。何が怖いって、おれが倒れてしまったら、あの砲兵隊の馬車のやつらが、きっとあいつらがおれを轢《ひ》き殺してしまうだろ。それが怖くてしかたないんだ……」

若者は半狂乱の声を上げた。「ジム、おれが見ててやる！　ちゃんと見ててやるからな！　神に誓って大丈夫だとも！」

「そうだよな――そうしてくれるよな、ヘンリー？」のっぽの兵士は懇願した。

「そうとも、そうとも……いいか、ジム、ちゃんとおれが見ててやる！」と若者は言い切った。喉にこみ上げてくるもののせいで、きっちりとは話せなかった。

だが、のっぽの兵士はへこへこと頼み込んできた。赤ん坊のように若者の腕にしがみついてくる。目は荒々しい恐怖でぐるぐると動いていた。「ヘンリー、おれはずっといい友達だっただろ？　よくしてやったよな？　別に面倒なことを頼んじゃいないよな？　道路から引っぱり出してくれたらそれでいいんだ。おれだってお前に同じことをしてやるさ。そうだろ、ヘンリー？」

痛ましいほど不安げに、彼は戦友からの返事を待っている。

若者は苦悩のあまり、すすり泣きに喉を焦がされる思いだった。約束はちゃんと守ってやるからなと言おうとしたが、突飛な身振りしかできなかった。

だが、のっぽの兵士はそうした恐怖を突然忘れてしまったようだった。また、ぞっとするような兵士の亡霊になってのっそりと歩いていた。石のように前に進んだ。おれによりかかれよ、と若者は言ったが、それには首を横に振り、妙な抗議をするばかりだった。「いや、いや――放っといてくれ、放っといてくれ」

その目はまた、この世ならざるものにしっかりと向けられている。謎めいた決意で体を動かし、若者が手助けすると言ってもすべてはねつける。「いや、いや――放っといてくれ、放っといてくれ」

若者は後ろからついていくしかなかった。

じきに、肩のあたりでそっと話しかけてくる声がした。振り向くと、ぼろ服の兵士がいた。「そいつを道の外に出してやったほうがいい。ものすごい勢いで砲兵隊が来てるから、轢き殺されちまう。どのみち、あと五分くらいの命だ。それは分かるだろ。

道から出してやれ。いったいどこにこんな体力が残ってるんだろうな？」

「おれに分かるかよ！」若者は声を上げた。頼りなげに両手を震わせた。

若者はすぐに前に走っていき、のっぽの兵士の腕をつかんだ。「ジム！ジム！

こっちに来てくれ」となだめすかした。

のっぽの兵士は弱々しくその手を振り払おうとした。「何だ？」と、ぼんやりとした口調で言った。しばらく若者を見つめた。そしてついに、何となく察したような口調になった。「そうか！　野原に入るんだな。そうか！」

彼はやみくもに草地を進み始めた。

若者は一度だけ振り返った。騎手たちが鞭を振るい、大砲が上下に揺れている。すると、ぼろ服の兵士が発した鋭い叫び声にびくっとした。

「おい！　やつが逃げてるぞ！」

あわてて向き直ると、戦友がよろめき、つんのめりつつ、小さな低木の集まりを目指して走っていた。それを目にした若者は、心臓が体からちぎれてしまうような気がした。苦痛の声を上げた。ぼろ服の兵士と一緒にあとを追い始めた。なんとも奇妙な追跡行だった。

のっぽの兵士に追いつくと、思いつくかぎりの言葉を並べて頼み込んだ。「ジム、おいジム、何やってるんだ……どうしてこんな真似を……怪我してしまうじゃないか」

あの決意が、のっぽの兵士の顔に浮かんでいた。どんよりとした口ぶりで抗議しながら、彼の目は先に見えている神秘的な場所から動かなかった。「いや、いや——触るな——放っといてくれ、放っといてくれ——」

その様子にあっけにとられた若者は、唇を震わせて尋ねた。「ジム、どこに行くつもりなんだ？　何を考えてるんだ？　どこに行く？　なあ、教えてくれよ」

のっぽの兵士は、どこまでも追いすがってくるふたりに顔を向けた。目で強く訴えかけてきた。「放っといてくれよ、いいか？　少しでいいから放っといてくれ」

若者はひるんだ。「どうしたんだ、ジム」と、茫然《ぼうぜん》と言った。「どうかしたのか？」

のっぽの兵士は踵《きびす》を返し、倒れそうなくらい前のめりになって進んでいった。若者とぼろ服の兵士はついていったが、叱り飛ばされたようにこそこそとした足取りになっていた。傷ついた男と面と向かって話すことはできない。それは厳粛な儀式のようだとふたりは思うようになった。死を定められた兵士の動きは、どこか儀式めいている。そして彼には、血をすすり筋肉を剝《は》がし骨を砕く、狂った宗教に身を捧げているような雰囲気がある。ふたりは畏怖《いふ》の念に打たれた。彼の手中に恐ろしい武器があるのではないかと思い、少し離れていた。

ようやく彼は止まり、立ち尽くした。足取りを早めたふたりが見てみると、その顔には、苦労して目指してきた場所をついに見つけたという表情が浮かんでいた。痩せた体をまっすぐにしていた。血にまみれた両手を、そっと体の横に添えていた。そこで出迎えようという何かを、じっと待っている。彼は約束の場所にいるのだ。ふたりは立ち止まり、固唾《かたず》をのんで待った。

沈黙があった。

そしてついに、死を定められた兵士の胸が、苦しげな動きで膨らみ始めた。しだいに荒々しくなっていき、ついには、なかに動物がいて外に出ようと蹴っては転げ回っているかのようになった。

彼はじわじわと息ができなくなっていく。その様子に、若者は身悶《みもだ》えし、戦友の眼球がぐるりと回ると、そこに何かを見て取って泣き叫び、地面に崩れ落ちた。声を上げ、死にゆく男に呼びかけた。

「ジム、ジム、ジム……」

のっぽの兵士は口を開いた。身振りをした。「放っといてくれ――触るんじゃない――放っといてくれ――」

彼が待つあいだ、また沈黙があった。

出し抜けに、彼の体はこわばってまっすぐになった。それから、長い悪寒《おかん》に震えた。虚空《こくう》を見つめた。ふたりは見守った。彼の厳しい顔に深く刻まれた皺《しわ》には、人の理解を超えた奇妙な尊厳があった。

彼の体は、入り込んでくる奇妙な何かにゆっくりと包まれていく。しばらくは、両脚が細かく震えるせいで、醜いホーンパイプの踊りをしていた、両腕は腕白小僧のような熱心さで頭のまわりを叩いていた。

長身の体がぴんとまっすぐになる。何かが引き裂かれる音がかすかにした。そして、ゆっくりと、そのまま前方に揺れ始めた。木が倒れていくように。素早い筋肉のねじれにより、右の肩から地面に倒れた。

その体は、地面に当たって少し跳ねたかに見えた。「神よ！」とぼろ服の兵士は言った。

若者は魔法にかかったように、約束の場所でのその儀式を見つめていた。彼の顔には、戦友のために想像したあらゆる苦痛が浮かんでいた。

若者は駆け寄り、土気色の顔をじっと見つめた。口は開き、歯を見せて笑い声を上げたようになっている。

青色の上着が体からずり落ちていくと、何匹もの狼に嚙まれたような痕のある脇腹が見えた。

いきなり猛烈な怒りに駆られ、若者は戦場のほうを振り返った。片手の拳を振り回した。痛罵しようかという様子だった。

「こんちくしょう——」

赤い太陽は、薄焼きのパンのように空に貼りついていた。

---

5 角《つの》つきの木笛を伴奏楽器にしたイギリス発祥の踊り。

第10章

ぼろ服の兵士は、立って思いを巡らせていた。

「最後まですげえやつだったな、こいつ」と、ようやく口を開き、畏怖《いふ》の念をにじませた声で言った。「すげえやつだった」。動かなくなった死人の片手を、考え込むように足でつついた。「どこからあんな力が湧いてきたんだか。あんなことをするやつは初めて見た。変な感じだった。すげえやつだったよ」

若者は悲しみの声を絞り出したかった。胸を刺されたような感覚だったが、舌は口という墓のなかで死んで横たわったままだった。彼はまたしゃがんで考え込んだ。

ぼろ服の兵士は、立って思いを巡らせていた。

「おい、これを見ろよ」と、しばらくして言った。亡骸《なきがら》を見つめながら話していた。

「こいつは逝っちまった、そうだろ。だからおれたちもそろそろ自分のことを考えたほうがいい。この件はもう終わりだ。こいつはもう逝っちまった、だろ？　もう心配はいらないさ。誰にも邪魔されやしない。それにさ、おれだってここんとこ絶好調ってわけじゃないんだ」

その兵士の口調でわれに返った若者は、さっと顔を上げた。兵士の体は立ったまま揺れていて、顔は青ざめている。

「おいおい！」若者は叫んだ。「お前まさか……お前までは勘弁してくれよ」

ぼろ服の兵士は片手を振った。「死にゃしないさ。エンドウ豆のスープとベッドがあればなってだけだ。エンドウ豆のスープな」と、夢を見るように繰り返した。

若者は立ち上がった。「どこから来たんだろうな、こいつ。こいつと離れたのはあそこだった」。彼は指でその方角を示した。「それが今はここにいる。そしてあっちから歩いてきてたろ」。別の方角を指した。ふたりとも、問いかけるように亡骸を見た。

「まあ」ぼろ服の兵士はしばらくして言った。「ここにいて、こいつに訊《き》こうったってむりな話だ」

若者は疲れた様子で頷いた。しばらく、ふたりとも亡骸を見つめていた。

若者は何やら呟《つぶや》いた。

「なあ、すげえやつだったな」ぼろ服の兵士は何かに答えるように言った。

ふたりは背を向け、その場から離れていった。しばらくは、つま先立ちでそっと歩いた。亡骸は草地で笑い顔を浮かべたままだった。

「すごくしんどくなってきた」ぼろ服の兵士はいつものささやかな沈黙をいきなり破って言った。「本当にしんどくなってきた」

若者はうめいた。「よせって！」また死との出会いを目《ま》の当たりにして苦しむことになるのか、と思った。

だが、相手は安心しろと手を振った。「ちがうって、まだ死にゃしないよ！　おれは散々頼りにされてるから死ぬわけにはいかない。そうとも、死ぬもんか！　死んでる場合じゃない！　どんだけの数の子供がいるかって話さ」

若者は仲間をちらりと見た。うっすらと浮かぶ笑みを見て、おどけてみせているのだと分かった。

とぼとぼと歩きながら、ぼろ服の兵士は話を続けた。「それにな、おれが死ぬってときは、さっきのあいつみたいにはならないさ。あんな変な死に方があるもんか。おれならばったり倒れて、それっきりさ。あんな死に方をしたやつは初めて見たよ。

トム・ジェイミソンってやつがいてさ、故郷で隣に住んでたんだ。いいやつだったし、昔からいい友達だった。頭も良くて、すっげえ切れるやつだった。それが、今日の午後に戦ってたら、いきなりおれに怒鳴り出したんだ。『お前撃たれたぞ、もうおしまいだ！』そんな調子でおれに言ってきた。だから頭に手を当てて指を見てみたら、本当に撃たれてた。おれはうわって叫んで逃げ出したよ。でも、逃げ切る前に腕にもう一発食らって、くるっと体が回転した。おれの後ろで散々銃撃戦をやってるから怖くて、そこからおさらばしようと走ったのに、ひどい傷になっちまった。思うんだけどさ、トム・ジェイミソンがいなけりゃ、今だってまだ戦ってただろうな」

そして、落ち着いた様子で彼は告げた。「ちょっとした傷がふたつだけどさ、妙な感じになってきてる。おれはもうあんまり歩けないよ」

ふたりは無言でゆっくりと歩いた。「お前もかなりやられてるみたいだな」と、ぼろ服の兵士はしばらくして言った。「きっと自分で思ってるよりひどくやられてるぜ。怪我をしっかり手当しとくんだ。放ったらかしじゃいけない。たいていは体のなかで暴れ出すんだ。どこをやられた？」だが彼は答えを待たずに説教を続けた。「おれの連隊が立って休んでるときに、頭に一発食らったやつがいたよ。みんなしてそいつに叫んだ。ジョン、痛いか？　ひどくやられたか？　ってな。いいや、ってそいつは言った。何言ってんだって顔をして、別に何も痛くねえよって言い続けてた。ところがどっこい、気がついてみりゃ次の瞬間には死んでたんだ。そうとも、石みたいに動かねえ。だから気をつけろよ。妙な具合に負傷してるかもしれねえし。自分じゃ分からないんだ。お前の傷はどこだ？」

この話題が始まってからずっと、若者はどうにかごまかそうとしていた。今はいらだって叫び、片手を猛烈に動かした。「余計なお世話だ！」と言った。ぼろ服の兵士に対して激烈に怒っていたし、首を絞めてやりたい気分だった。一緒になる兵士たちは耐えがたいところを突いてくる。好奇心という杖で、恥という亡霊を絶えずつついてくるのだ。彼は追い詰められたようにぼろ服の兵士のほうを見た。「いいか、構わないでくれ」。切羽詰まった脅しを込めて、そう繰り返した。

「まあ、おれだって人にちょっかい出したいわけじゃない。神に誓って本当さ」。わずかに絶望の響きをにじませながら、ぼろ服の兵士は言った。「神に誓って、おれは自分のことで精一杯なんだ」

自分を相手取って苦々しい議論を続けては、ぼろ服の兵士に憎しみと蔑みの目を向けていた若者は、それに対して冷たい声で応えた。「じゃあな」

ぼろ服の兵士は、口をぽかんと開けて彼を見た。「どうしたんだ。どうしたんだよおい、どこ行くんだ?」と、声を震わせて尋ねた。その様子を見ていると、若者には分かった。のっぽの兵士と同じく、彼も鈍い動物のように振る舞い始めているのだ。兵士の頭のなかは支離滅裂になっているようだった。「なあ――なあ――いいか、トム・ジェイミソン、いいか――そんなわけにはいかない。それじゃやだめだ。お前さ――お前さ、どこへ行くってんだ?」

若者は指で大ざっぱに示した。「あっちさ」

「おい――いいか――なあ」と、ぼろ服の兵士は間が抜けた口調で言った。うなだれた様子で、言葉は不明瞭になっていた。「トム・ジェイミソンよ、そりゃだめだ。そりゃいけない。強情っぱりめ、お前のことは分かってる。ひどい傷を負ってとぼとぼ逃げ出そうって腹だな。そりゃだめだって、トム・ジェイミソン、そりゃだめだ。お前の世話はおれに任せろって。いけないよ、お前が行っちまうなんてなしだ。ひどい傷だってのに、とぼとぼ――だめだ、だめだ。そいつはだめだ」

それには答えずに若者は柵をよじ登り、離れていった。ぼろ服の兵士が哀れな独り言を弱々しく呟いているのが聞こえてくる。

一度、若者は怒ったように振り向いた。「何だって?」

「いいか、なあ、トム・ジェイミソン——いいか——そいつは——」

若者は進んでいった。遠くから振り返ってみると、ぼろ服の兵士は野原をあてどなくうろつき回っていた。

死んでしまいたい、という思いについて考えた。野原の草地や、森の落葉の上など、あちこちで横たわっている兵士たちが心底羨ましかった。

ぼろ服の兵士が発した単純な質問の数々が、ナイフのように刺さっていた。その後ろには、すべてが明らかになるまで容赦なく秘密を探ってくる集団がいる。たまたま出くわしただけの男にしつこく尋ねられたことで、罪を自分の胸にしまったままにしておくのはむりだという気がした。空が曇るほどの無数の矢が、永遠に隠しておくはずのことをつつき回してくれれば、その一本が秘密を明らかにしてしまう。その力から自分を守る術《すべ》はない、と彼は認めた。用心しているだけでは守りきれない。

第11章

炉のような戦闘の轟《とどろ》きが大きくなってきている。大きな茶色の雲がいくつも、前方の静かな空の高みに漂っていく。さまざまな物音が近づきつつある。森が兵士たちを濾過《ろか》し、点々とした人影が野原に見える。

小さな丘を回ったところで、馬車や馬や兵士たちが、道路で音を上げる塊になっていることに気がついた。もつれ合ってうねるその塊は、励ましや命令や罵《ののし》りの言葉を発している。恐怖が隅々まで行き渡っていた。鞭《むち》が乾いた音を立て、馬たちは突進しては退く。白い幌馬車《ほろばしゃ》はどれも、太った羊のように踏ん張ってはつんのめる。

若者はその光景に心が少し和んだ。みなが撤退していく。ということは、おれはそれほど悪いわけではないのかもしれない。腰を下ろし、恐怖に駆られた馬車隊を眺めた。馬車隊は動きの鈍い気弱な動物のように逃げていた。怒号と鞭打つ動きによって、その場の危険と恐怖がさらに大きなものに思えた。そのため、戦場から離脱するという、仲間たちから責められたかもしれない行為は、実はしっかりとした根拠のあるものだったのだと信じ込めそうだった。自分を免罪してくれる荒々しい行進を眺めるのは愉快だった。

すぐに、縦隊となって進む砲兵隊の先頭が、落ち着いた様子で道に現れた。部隊はさっと進んできた。障害物をよけるために、蛇のように曲がりくねって動いた。先頭にいる男たちはマスケット銃の床尾《しょうび》でラバを小突いた。怒号にも構わず、馬車の御者たちを急《せ》き立てる。兵士たちは密集する塊にむりやり押し入っていく。縦隊の先頭が丸くなって突っ込む。荒れ狂う御者たちは次々に奇妙な罵声を浴びせた。

道を空けろという命令は、彼らにとって重要な響きを持っていた。兵士たちは騒々しい音の中心に向かって進んでいく。勢いづいて進撃してくる敵軍を迎え撃つのだ。ほかの部隊が同じ道をとぼとぼと撤退していこうとするなかで自分たちは前進していくことを、彼らは誇らしく思っていた。馬車隊を蹴散らすようにしていき、自分たちが前線に間に合いさえすれば構わないという爽快感に浸っていた。その重要な任務に、兵士たちは重々しく厳しい顔つきになっていた。士官たちは背筋をまっすぐ伸ばしていた。

その様子を見ていると、苦悩のどす黒い重みが若者の心にまた戻ってきた。目の前で行進しているのは選ばれし者たちなのだ、と思ってしまった。自分との落差はあまりに大きく、兵士たちは炎の武器と陽光の軍旗とともに行軍しているかのように思われた。その一員になれるはずがない。渇望で涙が出そうになった。

心のなかで、兵士たちにとって非難の言葉の行き着く先、戦争の曖昧《あいまい》な大義に対する呪いの言葉を探した。それが何であれ、おれがこんなふうになったのはそのせいなのだ。

哀れな若者には、戦場に向かう縦隊が急ぐさまは、勇ましい戦闘よりもはるかに優れたものに思えた。英雄たちは、その長く騒然とした列のなかにいても言い訳ができる。自尊心を傷つけることなく退き、星々に対してやましく感じずにすむ。

いったい何を食べれば、悲惨な死が待ち受けているというのにそこまで急いで進んでいけるのか。眺めていると羨望が大きくなり、ついには、そのひとりと入れ替わりたいとまで考えた。とてつもない力を手に入れたい。自分を投げ捨て、より優れた男になりたい。遠く離れてはいるが、それでも心の内にある自分の姿が次々に浮かんでくる。死に物狂いの青服の男が片膝を突き出して勇ましい突撃の先頭に立ち、折れた剣を高々と掲げている。決意みなぎる青服の男が、殺到する深紅の鋼鉄にひとり立ち向かい、みなが見守る高みで静かに死を迎えている。死したその体には、荘厳な哀感があることだろう。

そうした思いに心が盛り上がった。戦争への欲望で体が震えた。耳には勝利の音が響いた。突撃が成功するときの熱狂を、若者は知っていた。地面を踏みつけていく足の音、鋭い声、近くの縦隊で武器がぶつかり合う音に、彼の心は戦争の赤い翼に乗って空高く舞い上がった。しばらく、彼は崇高な存在だった。

今すぐにでも前線に向かおうか。すると、埃《ほこり》にまみれて目をぎらつかせ、荒い息遣いになった自分が、ここぞというときに前線に駆けつけ、大敗という暗く狡猾《こうかつ》な魔女の喉を締め上げるさまが目に浮かびもした。

すると、それを阻む問題に心が苦しみ始めた。彼は躊躇《ためら》い、片足でぎこちなく体の均衡を保った。

ライフルは持っていない。前線に駆けつけるといっても、素手でどうやって戦えばいいんだ。いや、ライフルは拾えばいいじゃないか。いくらでもあるんだから。

そもそも、自分の連隊を見つけるのは、奇跡でも起きない限りむりだろ。いやいや、どの連隊に入って戦ったっていいじゃないか。

ゆっくりと前に進み始めた。何かの爆発物を踏んでしまうと思っているかのように、そろそろと歩く。疑念との格闘はまだ続いている。

脱走したという印をつけておめおめ戻ってきたところを仲間の誰かに見られようものなら、本当に蛆虫《うじむし》扱いされてしまうぞ。いや考えてみろよ、敵に襲われさえしなければ、戦闘にかかりきりの兵士たちは後ろで何があったって気にはしないさ。戦闘でまわりはよく見えないんだから、おれの顔は修道士の頭巾をかぶったみたいに隠れるはずだ。

ちょっと待て。ここまで疲れ知らずの悲運続きなんだから、いったん戦闘が収まったところで、きっと誰かが、どういうことなんだと尋ねてくるぞ。そうして仲間たちに詮索されて、どうにかして嘘をひねり出そうともがくことになる。

ついに、そうした反対の声を前にして、勇気は尽きた。議論を戦わせるうちに、心のなかの炎は消えてしまった。

だが、計画が潰《つい》えたからといって、落ち込みはしなかった。考えてみるほどに、その声を論破するのはかなり難しいということは認めるしかなかったからだ。

さらに、さまざまな体の苦しみが声を上げ始めていた。それを前にしてなお、戦争の翼に乗って高々と舞い上がるなどむりな相談だ。苦しみのせいで、彼は自分を英雄として見ることをほぼ封じられてしまった。よろめきながら進んだ。

喉が焼けるほど渇いていることに気がついた。顔は乾いて埃だらけで、肌がひび割れるのが分かるかと思うほどだった。骨の一本一本に痛みがあり、動くたびに折れそうに思えた。足はどちらも腫《は》れ物のようだ。それに、体は食べ物を求めていた。単なる空腹よりも強い欲求だった。腹にずしりと重い感覚があり、歩こうとすると頭がふらついて体全体がよろめいた。目の前がぼやけてしまう。緑色の靄《もや》が、視界のあちこちに漂っている。

それまで多くの感情に揺さぶられてきたとはいえ、体の苦しみには気がついていなかった。それが今、彼に襲いかかって騒ぎ立てている。今さらながらそれを意識するようになると、自分を憎む気持ちがさらに強くなった。絶望に駆られた若者は、ほかの兵士たちのようになれるわけがないと自分に言い渡した。おれは英雄になどなれはしないのだ。臆病な間抜けだ。栄光を思い描くなんて情けないかぎりだ。彼は心の底でうめくと、急によろめいた。

どこか蛾《が》のような習性から、彼は戦闘の近くを離れずにいた。自分の目で戦況を知りたいという思いが強かった。勝っているのはどちらなのかを知りたかった。

かつてないほど体は苦しんでいても、あくまで勝利を求める気持ちは失っていない、と自分に言い聞かせた。ただし今回は、軍が負けてくれたほうがいろいろ助かる。若者は良心に対して申し訳なさそうにそう言った。敵の攻撃によって、多くの連隊はばらばらに砕かれるだろう。そうなれば、勇気ある兵士たちも軍旗を捨てて鶏のように走り回るほかない。彼もそのひとりとして紛れ込めるだろう。一緒にむっつりと悩む兄弟同士になるだろうし、そうすれば彼も、みんなより遠くへ一目散に逃げたりはしなかったのだと信じることができる。そして、自分の美徳がまったく損なわれてはいないのだと信じられるなら、さしたる苦労もせずに仲間たちにも信じてもらえるはずだ。

その希望を後押しするような思いもあった。これまで軍は大敗を目《ま》の当たりにしてきたし、数か月のあいだに彼らの血と伝統をすべて振り払い、新たな軍として、輝かしく、勇ましい姿を立ち上がらせつつあるのだ。惨敗の記憶を押しやり、不屈の軍として勇猛と自信とともに現れつつある。故郷の人々の甲高《かんだか》い声は、しばらくは暗く響いているだろうが、そうした歌に耳を傾ける役回りは、たいていは将軍たちが引き受けることになる。もちろん、将軍をひとりそうやって生贄《いけにえ》に差し出したところで心が咎《とが》めるわけはない。辛辣《しんらつ》な言葉を浴びる務めが誰に回ってくるのかは分からないのだから、その将軍にはぼんやりとした同情しかない。民衆は遠く離れたところにいるのだし、長い目で見ればその意見は正しいとは思えない。恐らくは見当違いの男が攻撃され、その驚きから立ち直ったあとは、敗北を責める合唱に対する返事を書いて残りの日々を過ごすのだろう。どう見ても不運ではあるが、将軍のひとりがそういう目に遭ったところで、おれにはどうってことはない。

敗北となれば、回り回っておれの罪は帳消しになる。早めに逃げたのは自分の危険を察知する能力が優れていたからだ、ということにもなる。迫り来る洪水を告げる真剣な予言者は、真っ先に木に登るものだ。それによって先見の明があると分かるのだから。

道徳的な罪を逃れること。若者にとってはそれが大事だった。心の慰めなしでは、この先ずっと不名誉という痛ましい勲章をつけていられるはずがない。お前は恥ずべき男だ、と心が絶えず言い切ってくるとあっては、自分の行動による償いをすべての仲間にはっきりと示さずには生きていけないのだ。

軍が勝ち誇って進撃したのであれば、おれにはもう居場所はない。あの騒々しい音が、自軍の軍旗が前に傾いているということなら、おれは罪を逃れられない惨めな男になったということだ。孤独の身を噛《か》みしめるほかないだろう。兵士たちが前進しているのなら、彼らの無関心な足は、おれの将来の幸せを踏みにじっていることになる。

次々に心をかすめていくそうした思いに彼は向き直り、押しやろうとした。おれは何という悪人なんだ、と自分を非難した。これほど徹底して自己中心的な男はほかにはいない。そして心に思い描いた。戦場で雄叫《おたけ》びを上げる敵の槍に対して敢然と体を投げ出す兵士たち。想像の戦場で血を流す死体。それはおれが殺したんだ。

ふたたび、死んでしまえばよかったのにという思いになった。亡骸《なきがら》が羨《うらや》ましいという思いを新たにした。戦死した者たちのことを考えると、その何人かを心から軽蔑することができた。そうして命を失ったなんて、罪だと言っていい。逃げ出すすきができるとか、本物の試練が訪れるとかする前に、単に巡り合わせがよくて死んだだけじゃないのか。それなのに、伝統によって彼らには月桂樹の冠が授けられるわけだ。

苦々しい思いが湧き上がる。そんな冠は盗んだものだ。そいつらがまとう、栄光ある思い出というロープは紛《まが》い物じゃないか。なのに、おれはどうして彼らのようにはなれないんだ。

前にも考えたように、この恥ずべき身から逃れる可能性があるとすれば、それは軍が敗れることだろう。しかし、今になって思えば、そんな可能性にすがりついていても何にもなりはしない。今まで学んできたのは、大いなる青の機械の勝利は間違いないということだ。仕掛けから次々にボタンが出てくるように、勝利は簡単に手に入るだろう。彼はそれ以外の憶測はさっさと捨て去った。兵士としての心構えに立ち返った。

軍が負けることはありえない。そうなると大事なのは、連隊に戻ったときにどんなうまい話をすれば、嘲笑の槍が飛んできてもかわせるのかということだ。

そうした槍を死ぬほど怖《おそ》れてはいても、自分でも信じられるような話をどうしても作り出せない。あれこれこしらえてはみたが、どれも薄っぺらく思え、作るそばから捨てていった。どの話も、すぐに弱点が見えてしまった。

さらに、軽蔑の矢を浴びせられたせいで心が沈んでしまえば、盾として自分を守る物語を掲げることもできないかもしれない。

連隊のみんなは今ごろ、口々にこう言っているだろうか。「ヘンリー・フレミングはどこだ？　逃げたってことか？　おいおい！」そのことをいつまでも蒸し返してきそうな男には何人も心当たりがある。間違いなく嘲《あざけ》るように質問してきて、答えに詰まるとばかにしてくるだろう。次に交戦となったときには、いつ逃げ出すのかと目を光らせるはずだ。

野営地に入るたびに、きっと残酷で厚かましい視線が待っている。集まった仲間たちのそばを通りかかると想像してみると、「ほら来たぞ！」と誰かが言う声が聞こえる。

そして、一本の糸でいくつもの頭が動くかのように、一斉に彼に向けられる顔は、満面の嘲笑の表情になっている。誰かが低い声で冗談めかした何かを言った気がする。そのひと言に、みんながどっと沸いて大笑いする。彼の名は卑しい合言葉になったのだ。

第12章

混み合った道路に正面から突進していく縦隊から目を離すとすぐ、兵士たちの黒い波が森から現れ、野原を一気に駆けてくるのが見えた。彼らの心から鋼鉄のような力が消えてしまっているのがひと目で分かった。もつれた糸を投げ出すように、コートや装備をかなぐり捨てている。怯《おび》えたバッファローのように、兵士たちは彼めがけて突進してきた。

その後ろでは、青っぽい硝煙が梢の上で渦巻いて雲になり、雑木林のすきまからは桃色の眩《まぶ》しい光がときおり見える。大砲の声はいつ終わるともしれない大合唱になっている。

若者は恐怖に足がすくんだ。苦悶しつつ魅入られた。自分が宇宙を相手に闘っているのだということも忘れてしまった。頭のなかでまとめていた脱走兵の哲学や負け犬のための手引きは吹き飛んだ。

負け戦《いくさ》だった。大股で迫ってくる竜たちには太刀打ちできるはずがない。絡み合う雑木林で身動きができず、降りてくる夜の闇のせいで目が見えない軍は、飲み込まれようとしている。戦争、つまりは赤い獣である戦争、血で膨らんだ神は、心ゆくまで腹を満たすだろう。

心のなかで、声を上げろと何かが命じてきた。反撃のための演説をして、戦いの讃歌を歌いたいという思いに駆られたが、宙にこう呼びかけることしかできなかった。

「なんだ……おい、どうした……どうなってるんだ？」

じきに、兵士たちが彼を囲んだ。彼らは跳ねるようにあたりを走り回っていた。血の気のない兵士たちの顔が、夕暮れの光に輝いている。見たところ屈強な男たちのようだ。若者は大急ぎで走っていく彼らのほうを次々に向いた。まとまりのない彼の質問は、どれもかき消されてしまった。訴えてみても、誰も耳を貸しはしない。若者など目に入っていないかのように。

正気とは思えないような言葉を口走っている兵士もいた。ある巨漢は、空に向かってこう話しかけていた。「なあ、板を張った道どこだ？　板の道どこなんだ！」子供を見失ってしまったような口ぶりだった。その巨漢は痛みと動揺で涙を流していた。

まもなく、男たちは四方八方に走り出した。前でも後ろでも脇のほうでも大砲が轟音を上げ、方向感覚はすっかり麻痺してしまった。さらに薄暗くなり、目印はもう闇に消えていた。とてつもない口論のただなかに入り込んでしまい、もう出口が分からなくなっている、と若者には思えてきた。走り去っていく男たちの口からは千もの質問が飛び出したが、誰もそれには答えなかった。

若者はあちこち走り回っては、彼に構わず撤退していく歩兵隊の集団にあれこれ質問を投げかけたあと、ようやくひとりの兵士の腕をつかんだ。ふたりは回転するように向かい合った。

「どうなってる……どうなってるんだ……」と、若者は言うことを聞かない舌に苦戦しつつ口ごもった。

「放せ！　放せって！」とその兵士は金切り声を上げた。顔に血の気はなく、視線はふらふらとさまよっている。苦しそうに、あえぐように息をしている。まだライフルは持っているが、手を離すのを忘れているだけなのかもしれない。その兵士が必死に引っ張ると、若者は前のめりになって数歩引きずられた。

「放せ！　放せってんだ！」

「なんだ……どうなってるんだ……」若者は口ごもった。

「もうしょうがねえ！」男は怒りを爆発させてわめいた。ライフルを手際よく大きく振り回した。若者の頭にライフルが激しく当たった。男は走り去った。

その一撃で、兵士の腕をつかんでいた若者の指は粘土になってしまった。筋肉から一気に力が抜けた。目の前に稲妻の翼がきらめき、頭のなかでは雷が鳴り響く。

いきなり、両脚が死んだようになった。彼は体をよじりつつ地面に倒れ込んだ。立ち上がろうとした。体がしびれるような痛みと闘う彼は、空中にいる怪物と格闘しているようだった。

それは不気味な闘いだった。

立ち上がりかけることもあったが、しばらく空気を相手にもがくとまた倒れてしまい、草をつかんだ。顔からはすっかり血の気が引いていた。体の奥からうめき声が漏れた。

ようやく、体をひねって両手と膝を地面につき、歩こうとする赤ん坊のようにどうにか立ち上がった。両手をこめかみに当てると、草地をよろめいて進んだ。

自分の体との激しい闘いだった。鈍る感覚は気を失うことを望んでいたが、心はそれにあくまでも逆らった。野原で倒れてしまったら、どんな危険が待っているか分からない。体の一部を失ってしまうかもしれない。のっぽの兵士を見習って進んだ。離れたところに、倒れても安全な場所があるかもしれない。それを探すために、波のように押し寄せてくる痛みに耐えた。

一度、頭のてっぺんに手を置き、こわごわと傷に触れてみた。手が触れたときに痛みが走り、食いしばっていた歯のあいだから深々と息を吸い込んだ。指には血がべっとりとついている。それに目が釘づけになった。

まわりでは、鞭《むち》で打たれた馬たちが前線に向けてがたがたと引く大砲の音がした。若い士官が乗った、泥があちこちにはねかかった軍馬に蹴られそうになった。若者が振り向くと、大砲と兵士たちと馬たちの塊が大きな曲線を描きながら、柵と柵の切れ目に向かっていた。その士官は、手袋をはめた片手で興奮した身振りをしていた。馬に続いていく大砲には、一気が進まないのに引きずられていくような雰囲気があった。

ばらばらになった歩兵隊の士官が何人か、魚を売る女のように大声で毒づいて部下を叱っている。その声がまわりの騒音を切り裂いて響いていた。言葉を失うほどごった返している道路に、騎兵大隊が乗り込んでいく。色あせた黄色の襟章が勇ましく輝いた。ひどい口論が起きた。

砲兵隊は会議を開くかのように集結しつつあった。

夕刻の青い霞《かすみ》が野原に降りていた。森の輪郭は紫色の長い影になっている。西の空に雲がひとつかかり、赤い色を少しだけ覆っていた。

その場をあとにする若者の耳に、出し抜けに轟《とどろ》く大砲の音が聞こえた。並んだ大砲がどす黒い怒りに震える姿が頭に浮かぶ。門を守る真鍮《しんちゅう》の悪魔たちのように、炎を吐きつつ怒鳴り声を上げている。穏やかな空気が、とてつもない抗議の声で満たされる。それとともに、敵の歩兵隊の凄まじい轟音が届く。振り向いて後ろを見てみると、橙色《だいだいいろ》が薄く広がって遠くの暗い空を照らし出しているのが目に入った。遠くの空中に、稲妻がかすかに走る。ときおり、うねるように動く男たちの集団が見えるような気がした。

夕暮れのなか、先を急いだ。日の光が薄らいでいき、そのうちに自分の足元もよく見えなくなった。紫色の闇は、怒鳴ったり不明瞭な早口でまくし立てたりする男たちの声で満ちている。紺色の薄暗い空を背に、激しく身振りする彼らの姿が見えることもあった。相当な数の兵士と弾薬が、森と野原に散らばっているようだ。細い道路には、もう何の気配もない。あちこちでひっくり返った馬車が、日光で乾いた大きな岩のようになっている。かつては激流の川床だったところには、馬たちの死体と、戦争という機械の破片がひしめいている。

実際のところ、頭の傷の痛みはほとんどなくなっていた。だが、傷口が広がってしまうのではないかと心配で、速くは動けなかった。頭はほとんど動かさず、つまずいたりしないようにかなり用心した。心のなかは不安だらけで、暗がりでふと足元が狂ったときに襲ってくるはずの痛みに備え、顔はぐっとこわばっていた。歩いていきながらも、考えることといえば傷のことばかりだった。冷たくべとついた感覚があり、血がゆっくりと髪の下を垂れているのだと思った。頭が腫《は》れているようで、首が頼りなく思えた。

傷が何も訴えてこないので、逆に心配になってしまった。最初に頭皮から聞こえていた、ひりつくような痛みの声は、はっきりと危険を知らせていた。それによって、自分の危うさを知ることができた。ところが、それが不吉なほど静かになると若者は怖くなり、頭のなかに突っ込まれた恐るべき指に脳をつかまれているような気がした。

そうしたなか、過去の出来事や状況をあれこれ考え始めた。家で母親が作ってくれた料理、そのなかでも特にお気に入りだったものを思い起こした。料理が並んだ食卓。ストーヴの温かい光に照らされた台所の松材の壁。それから、友人たちと連れ立って、放課後に川の土手にある木陰の水たまりによく行っていたこと。土手の草むらに脱ぎ捨てられた自分の服。心地よく体にはねかかる水。頭上にかかる楓《かえで》の葉は、若さあふれる夏の風に揺られて旋律を奏でる。

たちまち、ずっしりとした倦怠感《けんたいかん》に襲われた。がっくりとうなだれ、大きな包みを背負っているかのように背中が曲がった。足を引きずるようにして歩いた。どこか近くで横になって眠るべきか、安全な場所が見つかるまで体に鞭打って進んでいくべきか、いつまでも自問した。そんなことを考えるのはもうやめようと何度も思ったが、体は刃向かうことをやめず、感覚は甘やかされた赤ん坊のようにしつこかった。

ついに、肩のあたりで朗らかな声がした。「かなりひどい感じだな、あんた」若者は顔を上げはしなかったが、こもった声で同意した。「そうさ」

朗らかな声の持ち主は若者の片腕をしっかりとつかんだ。「よし」と、朗々と笑い声を上げて言った。「おれも同じ方角に行くんだ。みんなそうさ。案内してやるよ」。ふたりは酔っ払いとその友人のように歩き始めた。

歩きながら、その兵士は若者にあれこれ質問し、子供の心を思いのまま操るように答えを引き出した。ときには話に割り込んで自分の体験談を語ることもあった。「あんたどこの連隊？　えっ？　何だって？　ニューヨーク第三〇四連隊？　そうか、それってどの軍団の？　えっ、そうなの？　そうか、今日はそこは戦闘してないと思ってたな。かなり中央のほうの部隊だからさ。えっ、そうだったの？　じゃあ今日はみんなして戦闘を味わったってわけだ。まったくさ、もう死んだなって何回思ったことか。あっちでもこっちでも銃撃戦、あっちでもこっちでもみんな怒鳴ってて、おまけに真っ暗なもんだから、自分がどっちの側にいるんだか分かりゃしない。おれは間違いなくオハイオ生まれだって思うときもあれば、いやフロリダの先っぽから出て来たんだって気がするときもあってさ。あんなに入り乱れてたのは見たこともないな。それに、そこの大きな森はまったくひどい有り様だよ。おれたちが元の連隊に今晩戻れたら奇跡ってもんだ。でもじきに、警備兵とか分遣警護隊とかにいくらでも出くわすはずさ。ほら！　あそこで士官を運んでる。あの片手を引きずるような仕草からして、たっぷり戦闘を味わったってことだな。脚をぶった切られるときになれば、自分の評判がどうのこうのって大口は叩けないだろうよ。かわいそうにな！　おれの兄貴にもあんなひげがあったたな。ところでさ、あんたどうやってここまで来たんだい？　連隊はここからかなり遠いだろ？　まあ、見つけられると思うよ。おれの中隊で今日、仲が良かった若いやつがひとり戦死しちゃってさ。いいやつだったよ、ジャックは。そのジャックがばったり倒れてしまって、まったくひどい気分になったよ。まわりじゃみんなでたらめに走ってたけど、おれたちはしばらく立ってた。すると、図体がでかくて太った男が来たんだ。ジャックの肘《ひじ》をつついて、『なあ、川に出る道はどこだ？』ときた。ジャックは相手にしなかったが、その男はしつこく肘をつついて『なあ、川に出る道はどこだ？』って言ってくるんだ。ジャックはずっと前のほうを向いて、森から南軍が出てきやしないか見張ってて、その図体の男にはずっと構わなかったんだが、ついに振り向いて、『もういいからさ、川に出る道を見つけろよ！』と言った。ちょうどその瞬間に、銃弾が一発ジャックの頭の横に命中した。あいつも軍曹だった。最期《さいご》のひと言はそれだった。まったくさ、お互い自分の連隊に今晩中に戻れたらいいんだけどな。かなり探し回らなきゃだめだ。でもきっと見つかるさ」

そうして探し始めると、朗らかな兵士は魔法の杖でも持っているかのようだった。木々がもつれ合う森を、不思議なほど運よく抜けていく。探偵の熱心さといたずらっ子の勇ましさを発揮して、警備兵や斥候兵《せっこうへい》を見つけ出す。彼を前にすると、障害物は倒れ、手助けに変わった。まだうなだれていた若者がそばでぼんやりと立っていると、その兵士は薄暗いところから進むべき道や役に立つものを見つけ出していった。

死に物狂いで動き回る男たちで、森は蜂の巣のようにごった返していたが、朗らかな兵士は間違いを犯すことなく若者を導いていき、ついには喜びと自己満足でくすくす笑い出した。「よし、着いたぞ！　あの火が見えるか？」

若者はばかのように頷《うなず》いた。

「よし、あれがあんたの連隊だ。それじゃな、幸運を祈るよ」

若者の力ない指を、温かく力強い手でがっちりと握り、次の瞬間には朗らかで不敵な口笛を響かせつつ、兵士は大股で去っていった。こうして、親しくなった男は彼の人生から消えていく。そしてふと、若者は気がついた。彼の顔を見ずじまいだった。

第13章

立ち去った友人が教えてくれた焚《た》き火に向かって、若者はゆっくりと進んでいった。よろよろ歩きながら、仲間たちからどう迎えられるかと考えた。痛む心に、棘《とげ》だらけの嘲《あざけ》りの声がすぐに浴びせられてくるだろう。話をでっち上げるだけの気力はない。おれは格好の餌食になる。

暗闇のさらに奥に隠れようか、とぼんやり考えたが、そうした思いはすべて、体から発せられる疲労と痛みの声によって打ち砕かれた。苦痛を騒ぎ立てる体のせいで、どんな目に遭おうと食べ物と休息を求めるしかなかった。

ふらふらと火に近づいていった。男たちの人影が、赤い光に黒くかかっている。さらに近づくと、男たちが地面に散らばって眠っているのが分かった。

いきなり、黒く巨大な影が目の前に立ちはだかった。ライフルの銃身が、光をちらちらとはね返している。「止まれ！　止まれ！」と言われて一瞬あわてたが、すぐ、その緊張気味の声に聞き覚えがあるように思った。銃を向けられてよろめきつつ、声をかけた。「おい、ウィルソンじゃないか。お前なんだろ？」

ライフルは警戒の位置まで下がり、やかまし屋の兵士がゆっくりと歩み出てきた。若者の顔を覗《のぞ》き込んだ。「ヘンリー、お前か？」

「そうだよ。おれだよ」

「なんとなんと、お前に会えるとは！　もう死んだって諦めてたよ。間違いなくやられちまったってな」。そのしわがれた声には心がこもっていた。

自分が立っているのもやっとだということに、若者は気がついた。急に力が入らなくなった。手ごわい仲間たちの口から出かかっている非難から身を守る話をすぐに繰り出さねばならない。そこで、やかまし屋の兵士の前をふらつきつつ口を開いた。

「そう、そうなんだ。おれ……おれ、ひどい目に遭ったよ。そこらじゅう走り回った。ずっと右のほうで。あっちの戦闘はひどかった。ひどい目に遭ったよ。連隊からはぐれてしまった。右のほうにいたときに撃たれたんだ。頭に当たった。あんな戦闘、見たこともない。強烈だったよ。どうして連隊からはぐれてしまったんだか。しかも撃たれた」

彼の戦友はさっと歩み寄った。「何だって？　撃たれた？　どうして先に言わないんだ？　かわいそうに、それならまず……ちょっと待ってくれよ、どうしようか。シンプソンを呼んでくる」

そのとき、もうひとつの人影が暗がりに現れた。伍長だ、とふたりとも分かった。

「ウィルソン、誰と話してる？」と彼は問いただした。怒りのこもった声だった。「誰と話してるんだ？　この役立たずの歩哨め……おい、ヘンリー、お前か？　何だよ、四時間前に死んだと思ってたぞ！　こりゃびっくりだ、十分おきくらいに次々戻ってきやがる！　間違いなく四十二人を失ったと思ってたが、この調子でどんどん戻ってくるんなら、朝には中隊が元どおりにそろってるな。お前はどこにいたんだ？」

「右のほうだよ。はぐれてしまって――」若者はするすると話し始めた。

だが、戦友があわて気味に口を挟んだ。「そう、それで頭を撃たれたんで、こいつは大変なんだよ。すぐに手当してやらないと」。彼は左腕のくぼみにライフルを預けると、右腕を若者の肩に回した。

「なあ、すごく痛いだろ！」彼は言った。

若者は戦友に大きく寄りかかった。「そりゃ痛いよ……すごく痛い」と口ごもりつつ答えた。

「そうか」伍長は言った。若者の腕に片腕を回し、前に導いていった。「こっちに来い、ヘンリー。おれが面倒を見てやるから」

ふたりで連れ立って行くと、後ろからやかまし屋の兵士が呼びかけてきた。「シンプソン、おれの毛布で寝かせてやってくれ。それから、ちょっと待ってくれ——ほら、おれの水筒だ。コーヒーがたっぷり入ってる。火の近くでこいつの頭を見て、傷の具合を確かめてくれ。ひどい傷かもしれない。あと何分かでこっちは終わりだから、そうなったらおれも戻って手伝うよ」

若者は感覚が死んだようになっていたので、兵士の声は遠くから聞こえ、伍長の腕の重みもほとんど分からなかった。伍長に連れていかれるまま動いた。相変わらず首はがっくりとうなだれていた。膝がぐらついた。

伍長に連れられ、煌々《こうこう》とした火の光に入った。「よし、ヘンリー」彼は言った。「お前の頭を見てみよう」

若者がおとなしく腰を下ろすと、伍長はライフルを地面に置き、彼のぼさぼさの髪を探り始めた。火の光がしっかりと当たるように、若者の頭の向きを変えさせた。険しい雰囲気で口をすぼめていた。飛び散った血と立派な傷に指が当たると、唇をきゅっと結んで口笛を吹いた。

「よし、ここだな！」と彼は言った。ぎこちない手つきで、さらに調べた。「思ったとおりだ」と、しばらくして口にした。「銃弾がかすったんだ。それで妙なこぶになってて、誰かに棍棒でがっつり殴られたみたいになってる。出血はだいぶ前に止まってるな。まあ、明日の朝は十号の制帽でも頭に合わないって感じだろうが、その程度さ。熱が出て、焦げた豚肉くらい乾いた感じになる。それ以外にも朝まであれこれ具合が悪くなるだろうな。どうなるやら。でも大したことはなさそうだ。頭にきつい一発を食らったってだけさ。さあ、そこに座ったまま動かないでくれ。交替兵を叩き起こしてくるからな。そしたらウィルソンに来てもらう」

伍長は立ち去った。若者は荷物のように地面で動かずにいた。ぼんやりとした目で火を見つめた。

しばらくすると、少しばかり目が覚め、まわりがはっきりと見えるようになってきた。地面で影が濃くなっているところは男たちでごった返していて、ありとあらゆる姿勢で寝そべっている。さらに奥の暗がりに目を凝らしてみると、ときおり浮かび上がる顔はどれも青白く亡霊じみていて、燐光に照らされている。そうした顔を走る皺《しわ》から、疲れた兵士たちの深く茫然《ぼうぜん》とした心持ちが分かった。ワインで酔った男たちのように見えた。天を彷徨《さまよ》う者たちが森のこの一角を見れば、とてつもない放蕩が終わったところだと思うことだろう。

火の反対側にいる士官は木に体を預け、背筋をまっすぐにして座って眠っていた。その姿勢はどこか危なっかしかった。悪い夢でも見ているのか、体を揺らしてはびくっとして元に戻るその様子は、暖炉のそばで酒を飲みすぎた老人のようだった。顔は土埃《つちぼこり》と染みだらけだった。下あごは持ち場に留《とど》まる力がないかのようにがくりと垂れている。戦争という宴のあとで疲れきった兵士、それが彼だった。

どうやら、その士官は剣を抱えて眠りに落ちたらしい。二本の腕は抱き合うようにしてまどろんでいるが、剣はしばらくして地面に倒れ、そのままだ。真鍮《しんちゅう》で飾られた柄《つか》が、火の先に当たっている。

燃える薪《まき》の薔薇色《ばらいろ》と橙色《だいだいいろ》のなかにいるほかの兵士たちは、いびきをかき、胸を上下させ、あるいは死んだように横になって眠りこけていた。何人かは脚をまっすぐに投げ出していた。靴には行軍による泥や土埃が見え、毛布からちらほら飛び出したズボンには、密集したイバラの茂みを急いで突っ切ったせいでできたほつれや裂け目が見えていた。

火が弾《はじ》ける音が、音楽のように響く。白っぽい煙が火からもくもくと上がる。頭上では、木の葉がそっと動く。炎に顔を向けた葉は、しばしば赤く縁取られた銀色になって動いている。右の奥のほう、木々のすきまが窓のように開いているところでは、少しばかりの星が、漆黒に広がる夜にちらばる輝く小石のように光っていた。

ときおり、この低い木が作るアーチ回廊で兵士がむくりと体を起こし、眠っているうちに下の地面の凸凹《おうとつ》に気に入らないところができたために、寝返りを打って位置を変えていた。あるいは、座る姿勢にまで体を起こし、ぼんやりと一瞬だけ火に向かってまばたきをして、仲間たちが倒れ込んでいるのをさっと眺めると、また眠たげで満足そうなうなり声を上げて体を丸めた。

若者がわびしい塊のようにして座っていると、やかまし屋の兵士が、軽い紐に水筒をふたつぶら下げてやってきた。「さてさて、ヘンリーよ」と言った。「すぐに治してやるからな」

　彼は素人の看護師のようにせわしなかった。火のまわりをあちこち動き回ると、薪の火をさらに大きくした。水筒に入ったコーヒーを若者にがぶ飲みさせた。おいしいコーヒーだった。若者は頭をのけぞらせ、唇に水筒をずっと当てていた。冷たいコーヒーが、焼けついた喉を撫でるように通っていく。飲み終えた彼は気分がよくなり、喜びのため息をついた。

　やかまし屋の兵士はそれを満足そうに眺めていた。そのあと、ポケットから大きなハンカチを取り出した。たたんで包帯の形にすると、もうひとつの水筒の水を布の中央にかけた。その急ごしらえの包帯を若者の頭にかけ、首の後ろ側で妙な結び目を作った。

「よし」と言って、彼は少し下がって出来映えを確かめた。「見た目はひどいが、これで気分はよくなるぜ」

　若者は感謝の目でじっと戦友を見た。腫《は》れて痛む頭に当たる冷たい布は、優しい女性が手を当ててくれているようだった。

「叫び出したりしねえし、文句も言わねえな」。やかまし屋の兵士は満足げだった。「おれは怪我人の手当に関しては鍛冶屋《かじや》みたいに下手くそなんだ。なのにお前は叫び声のひとつも上げなかった。ヘンリー、お前はついてるよ。たいていの男ならとっくに病院送りだろうよ。頭に一発食らったなんてしゃれにならねえからな」

若者はそれには答えず、上着のボタンをいじり始めた。

「よし、じゃあ来い」と戦友は話を続けた。「こっちだ。お前を寝かせて、ひと晩しっかり休んでもらわないとな」

若者がそろそろと立ち上がると、やかまし屋の兵士が先に歩き、固まったり列になったりして眠っている男たちのあいだを抜けていった。じきに、かがんで自分の毛布を拾い上げた。外側がゴムになっている毛布を地面に広げると、羊毛の毛布を若者の肩にかけた。

「これでよし。横になって少し寝ろよ」

若者は犬のようにおとなしく、腰の曲がった老婆のようにそろそろと腰を下ろした。体を伸ばし、安堵《あんど》と心地よさにもぐもぐ呟《つぶや》いた。地面はこの上なく柔らかい寝椅子のようだった。

だが、いきなり声を上げた。「ちょっと待て！　お前はどこで寝るんだ？」

戦友はいらいらしたように片手を振った。「すぐそこにいるからさ」

「そうか。でもちょっと待て」と若者は続けた。「何をかぶって寝るんだ？　だって
おれがさ、お前の分の――」
やかまし屋の兵士はつっけんどんに言った。「いいから黙って寝ろ。ばかな真似を
するなよ」。その口調は厳しかった。
たしなめられたあと、若者は何も言わなかった。心地よい眠気が全身に広がってい
く。温かい毛布に包まれ、体がずしりと重くなる。頭が前に倒れ、曲げた腕に突っ伏
し、重しをつけたまぶたがゆっくりと下りる。遠くから、マスケット銃の散発的な音
が聞こえた。あの男たちも眠ることがあるんだろうか、とぼんやりと考えた。長いあ
くびをすると、毛布のなかに縮こまり、すぐにまわりの仲間と同じように眠った。

第14章

目を覚ましてみると、千年も眠っていたような気がした。間違いなく、まったく新しい世界が見えているのだと思った。灰色の靄《もや》が、射《さ》し込む夜明けの光を受けてゆっくりと動いている。東の空は今にもまばゆく輝き出しそうだ。氷のような露で顔が冷えていて、彼は目を覚ますとすぐに毛布の奥に潜り込んだ。しばらくは、一日の始まりを告げる風が揺らす頭上の木の葉を見つめていた。

遠くでは、引き裂くような戦闘の音が鳴り響いている。その音には執念深いしつこさがあり、まだ始まっても終わってもいないかのようだ。

まわりには、前の夜にぼんやりと見えていた男たちの列や集団があった。彼らは目覚める前の最後のひと眠りを味わっていた。夜明けの不思議な光で、やつれて悩ましげな表情や汚れた体がはっきり見えると同時に、肌は死体のような色合いになり、もつれた手足は脈を失って死んでいるように思えた。地面に密集し、奇妙な姿勢で動かない塊になった青白い体を最初に目にしたとき、若者は小さく叫び声を上げた。頭が混乱してしまい、回廊のようになった森が死体安置所に思えてしまったのだ。一瞬、自分は死者たちの館《やかた》にいるのだと思い込み、亡骸《なきがら》がそろって起き上がってわめき出したらと思うと身動きもできなかった。だが、すぐに落ち着きを取り戻した。長々とした罵《ののし》り言葉を自分に浴びせた。その暗澹《あんたん》たる光景は今あるものではなく、予言にすぎないと分かったからだ。

すると、冷えた空気のなか、火が弾ける鋭い音が聞こえた。振り向くと、小さな炎の近くを戦友がせかせかと歩いていた。ほかにも数人が靄のなかで動いていて、斧が荒っぽく薪《まき》を割る音がした。

突然、太鼓が低く虚《うつ》ろな音を立てた。遠くではラッパの音がかすかに鳴った。大きさはちがうが似た音が、森の近くからも遠くからも響いてくる。真鍮《しんちゅう》でできた闘鶏《とうけい》のように、互いに呼び交わしている。近くでは、連隊の太鼓がそろって雷のように響く。

森にいた男たちが動き出す音がした。一斉に頭が上がった。何やら呟《つぶや》く声が次々に上がる。不満げに悪態をつく低い声もかなり混じっていた。作戦を狂いなく実行するために早い時刻から動き出さねばならないことで、奇妙な神々が非難の的となっていた。ひとりの士官の有無を言わせぬ朗々とした声が響き、こわばった男たちを急き立《せ》てる。もつれていた手足がほどけた。死体のような色合いの顔は、目をこする拳《こぶし》の後ろで見えなくなった。

若者は上体を起こし、大きなあくびをした。「やれやれ！」といらだって言った。両目をこすり、それから片手を上げると、傷に当てた包帯にこわごわ触れた。彼が目を覚ましたことに気がついた戦友が、火のそばから近づいてきた。「おいヘンリー、今朝の調子はどうだ？」と尋ねてきた。

若者はまたあくびをした。それから、唇を少し突き出した。実際には、頭はメロンのような感じだったし、胃もむかむかしていた。

「最悪の気分だ」若者は言った。

「まいったな！」やかまし屋の兵士は叫んだ。「朝になればもう大丈夫かと思ってた。包帯を見てみようか――ずれちまったかな」。彼が傷口を手荒にいじり出したので、ついに若者は怒り出した。

「こんちくしょう!」若者は鋭い怒りの声を上げた。「どこまで不器用なんだよ。手袋でもつけてんのか。もっとそっとやってくれよな。離れたところから銃を投げつけてくれたほうがましだ。落ち着いてやってくれ。絨毯《じゅうたん》を釘打ちするみたいに手荒にすんな」

尊大でふんぞり返るような目で戦友を睨《にら》みつけたが、やかまし屋の兵士はなだめるように言った。「ほらほら、かっかすんなって、ちょっと飯でも食え。そうすれば気分もよくなるだろ」

火のそばで、やかまし屋の兵士はかいがいしく若者の世話をした。ばらばらに置いてある黒く小さなブリキのカップをせっせと並べては、煤《すす》だらけのブリキの手桶から鉄の色のコーヒーを注いでいた。新鮮な肉が手元にあったので、急いで棒の先に刺して火であぶった。そして腰を下ろすと、食べる若者をうれしそうに見守った。

川の土手で宿営していたころに比べると、戦友がすっかり様変わりしていることに若者は気がついた。自分の武勇がどれほどかを気にしてばかりいる様子はもうない。自惚《うぬぼ》れに対するちくりとした嫌味にも、もう怒り出したりはしない。もはや、ただのやかまし屋の若い兵士ではない。堂々として頼りがいのある雰囲気をまとっている。

自分の行動も能力も、まるで疑う気配がない。そして、その内なる自信がゆえに、ほかの兵士たちから投げかけられるささいな言葉にも動じずにいられる。

若者は考え込んだ。今まで、この男はやかましいだけの子供なのだという思いに慣れきっていた。その大胆不敵な態度の底にあるのは未熟さや軽率さ、わがままや妬《ねた》み深さなのだし、詰まっているのは見かけ倒しの勇気にすぎないのだと思っていた。小さな世界で威張り散らしているだけの、井のなかの蛙《かわず》だ。それが、この新しい目つきをどこで手に入れたのか。自分の言いなりにはならない男がごまんといることをいつ知ったのだろう。どうやら、この男は知の山頂に登っていて、そこから自分のちっぽけさを見て取っている。これからは、一緒にいてもいやなことはなさそうだ。

戦友は黒檀色《こくたんいろ》のカップを片膝にうまく載せた。「なあヘンリー、どっちに転ぶんだと思う？　あいつらを叩きのめしてやれそうか？」

若者は少し考えた。「あのさ」と、ずけずけと言った。「一昨日《おととい》のお前は、あんなえせ軍団なんか自分ひとりで倒してやるって豪語しそうな勢いだったろ」

戦友は少し驚いたようだった。「おれが？」と尋ね、考え込んだ。「まあ、そうだったかもな」しばらくしてそう認めた。控えめな目で火を見つめた。

自分の言葉に対するその反応に、若者はすっかりまごついた。「いや、そこまでじゃない」とあわてて言って話を戻そうとした。

だが、戦友はそれでいいんだという身振りをした。「いいって、ヘンリー。気にすんな。あの頃のおれはかなりのばかだった」。何年も前の話だという口ぶりだった。

少し間があった。

「士官たちはみんな、反乱軍をかなり追い詰めたって言ってる」さりげなく咳払《せきばら》いをして戦友は言った。「狙いどおりのところに追い込んだって思ってるらしい」

「そいつはどうかな」若者は答えた。「おれが右のほうで見てきた感じだと、むしろ逆だな。おれのいたところじゃ、昨日のおれたちはかなりこっぴどくやられているみたいだった」

「そうなのか？」戦友は尋ねた。「昨日のおれたちは、あいつらをかなり叩いたと思ってたな」

「そりゃちがうな」若者は言った。「お前さ、戦闘を何も見てなかったのさ。そうだ！」彼ははっと思い出した。「あのさ。ジム・コンクリンが死んだよ」

戦友は驚いた。「何だって？　あいつが？　ジム・コンクリンが？」

若者はゆっくりと話した。「そうだ。あいつは死んだ。脇腹を撃たれてた」

「なんてこった。ジム・コンクリンが……ちくしょう！」

まわりのいたるところに小さな焚《た》き火があり、兵士たちが黒い食器を持ってまわりを囲んでいた。近くにある焚き火から、鋭い声が立て続けに上がった。どうやら、身軽な兵士がふたりがかりでひげ面《づら》の巨漢をからかい、青い軍服の膝元にコーヒーをこぼすように仕向けたらしい。巨漢は怒り狂い、次から次に悪態をついていた。その毒舌を浴びた悪人ふたりはすぐ、いわれのない言葉だというふりをして顔色を変えてみせた。喧嘩が始まりそうな気配だった。

戦友は立ち上がると三人のところへ行き、両腕でなだめるような身振りをした。「おいおい、いいか、つまらないことするなよ」と言った。「一時間もしないうちに反乱軍とやり合うんだぞ。仲間同士で喧嘩して何になる？」

身軽な兵士のひとりが振り向き、真っ赤で凶暴な顔を見せた。「いちいち説教しに来んな。喧嘩はだめだってお前が言い出したのは、チャーリー・モーガンにぶちのめされたからだろ。ここでのことはお前にも誰にも関係ないんだ」

「そりゃそうだけどな」彼は穏やかに言った。「それでも、こんな真似は――」

言い争いは収まらなかった。

「いいか、こいつが――」ふたりは言い、ひげ面の巨漢を指して非難した。巨漢の兵士は怒りで顔がどす黒くなっていた。大きな手をかぎ爪のように伸ばしてふたりの兵士を指した。「いいか、こいつらが――」

だが、そうやって言い争うあいだに、言葉の応酬とは裏腹に、殴ってやりたいという気持ちは薄らいでいくようだった。そのうちに、戦友は元の場所に戻った。少しすると、いがみ合っていた三人は和やかな輪になっていた。

「ジミー・ロジャースがさ、今日の戦闘が終わったらかたをつけろってさ」と、ふたたび腰を下ろした戦友は言った。「妙なお節介してくるやつは許さねえって言うんだ。でもおれはさ、仲間内で喧嘩するなんてのはいやなんだよ」

若者は笑い声を上げた。「ずいぶん変わったな。前とは大ちがいじゃないか。ほら、あのアイルランド人のやつとお前がさ――」そこで言葉を切り、また笑った。

「そう、前はこんなんじゃなかったな」戦友は考え込むように言った。「それは確かだ」

「いや、おれが言いたいのはさ――」若者は言いかけた。

戦友はまた、別にいいんだと言う身振りになった。「ヘンリー、気にしなくていいんだって」

また、少し間があった。

「昨日、連隊は半分以上の男を失った」戦友はようやく口を開いた。「もちろん、みんな死んだんだとおれは思ってた。ところが夜になってみたら続々戻って来て、最後にはせいぜい二、三人戦死かなってくらいだ。散り散りになって、森をうろうろして、ほかの連隊に入って戦ってたわけだ。お前もそうだっただろ」

「まあな」と、若者は言った。

第15章

連隊は立《た》て銃《つつ》の姿勢で小道の片側に並び、行軍の命令を待っていた。そのとき若者は思い出した。痛ましい言葉とともに色あせた黄色い紙に包まれた小さな荷物を、やかまし屋の兵士に託されたことを。それで体がびくっとなった。あっと声を上げ、戦友のほうを向いた。

「ウィルソン！」

「どうした？」

隊列で隣にいる戦友は、考え込むようにして道路をじっと見ていた。どういうわけか、そのときはかなり温和な顔つきになっていた。若者は横目で彼を見ると、やっぱり言わないでおこうと思い直した。「いや、何でもない」

ウィルソンは少し意外そうに振り向いた。「どうした、何か言いかけてたろ？」

「いや、何でもないんだ」

そのささやかな一撃を繰り出すのはやめておこう、と若者は決意した。自分がそのことを知っていい気分になったことで十分だ。早まって渡された包みを返して友人を傷つける必要はない。

戦友のことがとても怖かった。質問をあれこれされるだけで、自分の気持ちは穴だらけになってしまう。このところ、人が変わった戦友はしつこく詮索してはこないだろうと安心していたが、任務がひと休みとなれば真っ先に、前の日の冒険談をしてくれと頼まれると思っておいたほうがいい。

根掘り葉掘り訊《き》かれるとなれば、手元にあるこの小さな武器を取り出して戦友を黙らせればいい。そう思うと気分がよかった。おれのほうが立場は上だ。笑い声を上げて冷笑の槍を放てるのはこっちのほうなのだ。

気弱になっていたあのとき、戦友はすすり泣きながら自分の死について語っていた。自分の葬儀を先取りして暗い弔辞を述べていたし、その包みには、間違いなく親戚への形見の品が入れてあるはずだ。だが、彼は死ななかった。そのせいで、今は若者の手に身を委ねたことになる。

若者は戦友よりもはるか上に立った気分だったが、偉そうにはしないでおこうと思った。彼に対しては上機嫌で親切そうな様子を演じた。

自尊心はすっかり元どおりになっていた。ぐいぐいと伸びて葉を広げるその気持ちに日陰を作ってもらい、彼は自信に満ちて大地を踏みしめていた。もう何も見つかりはしないのだから、審判の目を向けられようとも縮こまったりはしないし、男らしい態度を失うような思いに悩まなくてもいい。間違いを犯したのは闇のなかでのことなのだから、まだ男として胸を張っていられる。

前日の幸運の数々を思い出し、あらためて考えてみれば、立派な振る舞いだったとさえ思えてくる。横柄な古参兵を気取ってもいいのだ。

過去という、激しく脈打つ痛みを、彼は視界の外に押しやった。

目下のところ、境遇に対して心から不満を叫ぶことができるのは、運なく地獄行きになった者だけだ。若者は心のなかでそう言い切った。それ以外にはほとんどいない。腹が満たされ、仲間に敬意を持つ男は、世界について、いや社会について何かがおかしいと思ったとしても、わざわざ文句を言ったりはしない。不運な者たちには愚痴らせておけばいい。それ以外の者たちはのんびり遊んでいられる。

目の前に迫る戦闘については、さして考えはしなかった。それを念頭に置いて行動を練る必要はない。人生の義務のたいていはあっさりと避けることができるのだ、と彼は学んでいた。昨日の教訓は、天罰の手はでたらめで動きが遅いということだった。そうした事実を前にすれば、この先二十四時間で何が起きるのかについて頭を必死で働かせる必要があるとは思えない。たいていのことは運任せでいい。それに加えて、自分に対する信頼感が秘《ひそ》かに花を咲かせてもいた。自信という小さな花が大きくなりつつある。いまや、自分は世慣れした男になったのだ。竜たちのいるところに出てみれば、思っていたほど恐ろしくはなかった。しかも、竜たちは狙いが甘かった。正確に襲えはしなかった。気の強い男はしばしばそれに立ち向かっていたし、そうすることで逃れおおせてもいた。

さらに言えば、竜たちになど殺されるはずがない。おれは神々のなかでも選ばれし者であり、偉大な者になる運命なのだから。

戦闘から逃げ出した兵士たちもいたことを思い出した。恐怖に駆られた彼らの顔を思い起こすと、軽蔑の気持ちが湧いてきた。さしたる理由もなく取り乱していた。弱いやつらだ。それに比べて、おれは分別と尊厳をもって逃げたのだ。

そうした夢想を、戦友が破った。気弱そうにあたりを歩き回って、しばらく木々のほうに目をやっていた彼は、突然、話を切り出すような咳《せき》をして口を開いた。

「フレミング！」

「どうした？」

戦友は口元を手で押さえると、また咳をした。上着のなかで体がもじもじとしていた。

「その」と、ようやくどうにか言った。「あの包みを返してくれないかと思って」。肌をちくちくと刺していく血が彼の顔に上り、頬と額を染めていた。

「いいとも、ウィルソン」若者は言った。自分のコートのボタンをふたつ外し、片手を突っ込むと、包みを取り出した。それを差し出すと、戦友は顔を背けていた。

包みを出す動きはゆっくりしていた。そのあいだに、この件について何か気の利いたことを言おうと考えていたのだ。だが、何ひとつ思いつかなかった。友には何も悩まず包みを引き渡すことになった。それを実行したことで、自分を絶賛した。心の大きな振る舞いだった。

そばにいる戦友は、かなりの恥辱に苦しんでいるようだった。その様子をじっと見ていると、若者の心はさらに屈強になるように思えた。自身の行動について、そうやって顔を赤らめるような心持ちになったことはなかった。つまり、自分はずば抜けた美徳の持ち主なのだ。

恩着せがましい哀れみとともに考え込んだ。「かわいそうに。かわいそうに。つらい思いをして、哀れなやつだな」

この出来事があり、そして目にしてきた戦闘の場面を振り返ると、故郷に帰れば人々の心を燃え立たせられるような戦争の話ができるという自信が湧いてきた。暖かい、赤みの差した部屋にいる聴衆を前に、自分が話を聞かせている姿が目に浮かんだ。名誉の印を見せてもいい。大したものではないが、そうした印が珍しいところでは輝いて見えるかもしれない。

口をぽかんと開けた聴衆は、火を噴くような激戦の中心にいる彼を思い描いている。そうした思い出話を嚙《か》みしめた彼の母親と学校のあの黒髪の女の子は仰天し、叫び声を上げる。愛する者たちは命を危険にさらすことなく戦場で勇ましく働いているのだ、という彼女たちのいかにも女性らしいぼんやりとした思い込みは粉砕されてしまうだろう。

第16章

マスケット銃が早口で絶えまなくまくしたて、そのあとから大砲が口論に加わる。靄《もや》がかかった空に、両者の声が重々しく響く。反響は収まらない。世界のこの片隅は、奇妙で戦いに満ちた時を過ごしている。

若者の連隊は、湿った塹壕《ざんごう》に長く留《とど》まっていた部隊と交替するためにやって来た。森の端に大きくうねうねと掘り返して作った射撃壕の後ろに兵士たちは陣取っていた。その前には平地が広がり、奇妙な形の短い切り株だらけになっていた。その奥にある森からは、斥候兵《せっこうへい》や哨兵たちが靄のなかで発砲する音が鈍く聞こえてきた。右のほうからは、ひどい喧嘩騒ぎの音がする。

兵士たちは小さな盛り土に守られ、楽な姿勢で座って戦闘を待った。多くは銃撃のある方角に背を向けていた。若者の戦友は横になり、両腕に顔を埋《うず》めると、ほとんど一瞬のうちに深い眠りについた。

若者は腹這《はらば》いになって茶色い土に胸をつけ、森とその端を眺め回した。カーテンのような木々が視界を遮っている。低く盛られた塹壕は、少し離れると見えなくなる。旗がいくつか、土の壁の上にだらりと据えられている。その後ろには黒っぽく見える人影が何列も並び、物知りたげな頭がいくつか突き出ている。

斥候兵たちの音が、前方と左の森からつねに聞こえてきた。右からの騒々しい音は、恐ろしいほどの大きさになっている。息をつくひまもなく、大砲が次々に轟音を立てているのだ。あらゆるところから集まってきた大砲が、途方もない言い争いを繰り広げているようだった。何を言われてもきれぎれにしか聞こえない。

若者は冗談のひとつでも言いたかった。新聞記事をもじって「ラパハノック河畔異状なし」と言おうと思ったが、大砲はひと言たりとも口を挟ませてくれなかった。彼の言葉はすべて途中で遮られてしまった。だが、ついに砲音がやむと、射撃壕にいる男たちのあいだで、また噂が鳥のように飛び交った。とはいえ今回の鳥はおおむね黒く、地面近くで気《け》だるげに翼をはためかせているだけで、希望という翼に乗って舞い上がろうとはしなかった。不吉な兆《きざ》しを見て取ったせいで、兵士たちの顔は沈んでいた。上級士官たちの躊躇《ためら》いや不安といった噂が彼らの耳に届いた。大敗という筋書きが、多くの証拠に支えられて心に芽生えた。右のほうから聞こえるマスケット銃のけたたましい音は、解き放たれた音の魔神《ジン》のように大きくなり、軍の窮地を際立たせていた。

兵士たちは気落ちし、ぶつぶつと呟《つぶや》き始めた。その身振りは、「おれたちにどうしろと?」と語っていた。疑わしい知らせにつねに戸惑い、敗北をきちんとのみ込めずにいるようだった。

灰色の靄が太陽によってすっかり消し去られる前に、連隊は慎重に森を撤退していく散開縦隊のなかで行軍していた。ばらばらになって急ぐ敵軍の陣列が、木立や小さな陣列の向こうに目に入ることもあった。敵は歓喜の鋭い雄叫《おたけ》びを上げていた。

それを目にした若者の胸から自分のことは消え、胸に怒りがこみ上げてきた。大声でこう怒鳴った。「なんだよこりゃ、おれたちの将軍はばかばっかりだ」

「今日それを言ったのはお前だけじゃないよ」と、ある兵士が口にした。

起こされたばかりの戦友は、まだかなり眠たそうだった。後ろをじっと見て、そのうちようやく動きの意味することを理解した。そしてため息をついた。「そうか、つまりおれたちはやられたんだな」と悲しげに言った。

ほかの男たちを大っぴらに非難しても自分の株が上がるわけではない。そう思って若者は自制しようとはしたが、口から出かかった言葉はあまりに辛辣《しんらつ》だった。すぐに、軍の司令官に対する長々とした非難を始めた。

「そりゃ、将軍にすべての責任があるってわけじゃないかもしれない。知ってるかぎりの手は尽くしたろうさ。しょっちゅう負けるのはおれたちの巡り合わせなんだ」と、戦友はうんざりした口調で言った。肩を落とし、目をせわしなく動かしながらとぼとぼと歩く彼は、殴る蹴るの目に遭ったかのようだった。

「でもな、おれたちは死に物狂いで戦ってるだろ? 出せる力はぜんぶ出してるよな?」若者は大声で言った。

自分の口から出たこの言葉に、彼は秘《ひそ》かにぎょっとした。一瞬、顔から勇ましさが消え失せ、やましそうにあたりを見回した。だが、そんな言葉を口にする権利がお前にあるのか、とは誰も言ってこない。そこで、勇気ある男という雰囲気をすぐに取り戻した。彼が繰り返した言い分は、その日の朝に野営地で集団から集団に渡り歩いた言葉の受け売りだった。「准将はさ、新入りの連隊が昨日のおれたちみたいに戦うのは見たこともないって言ってたろ？　ほかの連隊だっておれたちと同じように戦った。そうだよな？　そうなら、部隊に責任があることにはならないよな？」

それに答える戦友の声は手厳しかった。「もちろんちがうさ」と彼は言った。「おれたちが死に物狂いで戦ってないなんてありえない。そんなことは誰も言えっこない。みんな鬼神みたいな戦いぶりだ。でも、それでも、おれたちには運がないんだよ」「じゃさ、おれたちが必死で戦ってるのに勝てないんなら、そいつは将軍のせいだろ」と若者は堂々と言い切った。「ひたすら戦って、戦って、ばかな将軍のせいで負けるってのは本当に意味不明じゃないか」

そばをのろのろと歩いていた皮肉屋の男が、物憂げに口を開いた。「フレミング、お前さ、昨日の戦闘は自分がぜんぶやったとでも思ってるのかよ」

その言葉は、若者の心に突き刺さった。何気ないそのひと言に押し潰された気分だった。両脚は人知れずがくがくと震えた。怯《おび》えた目で、皮肉屋の男をちらりと見た。「いや、ちがう」と、なだめるような声で言った。「ぜんぶ戦ってたわけじゃない」

だが、皮肉屋のほうはさして深い意味を込めて言ったわけではなさそうだ。どうやら、何か情報を握っているわけではない。ただの口癖だ。「そうかよ！」と穏やかに冷やかすような口調を崩さずに返してくるだけだ。

それでも、若者にとっては脅威だった。その危険に近づくと思うと心がひるんでしまい、あとは黙っていた。皮肉屋の言葉にある重みのせいで、何とか自分を大物に見せたいという気分はすっかり消え失せてしまった。突如として、若者は慎ましい人間になった。

部隊のなかでは声を潜めての会話が続いていた。士官たちはいらいらしていて、その顔は劣勢を伝える話によって曇りがちだった。軍はむっつりと森を抜けていく。若者のいる中隊で、一度だけ誰かの笑い声が響き渡った。十人ほどの兵士がさっとその男のほうを振り向き、眉をひそめてそれとなく不快感を示した。

どこに行っても、銃撃の音が犬のようについて回る。少し遠くに追い払われたかと思えば、もっと図々しくなって戻ってくる。兵士たちはぶつぶつと悪態をつき、その音のほうに暗い顔を向けた。

開けた場所で、部隊はようやく止まった。藪《やぶ》に出くわしたせいでいったん分かれた連隊や旅団がまた集結し、隊列は追いすがってくる敵の歩兵隊の吠え声に向き直った。血眼《ちまなこ》になった金属製の猟犬の群れのようについてくるその音は大きくなり、陽気で騒がしい音が噴き出し、それから、太陽が静かに上がって光の筋を薄暗い藪に投げかけると、長い轟《とどろ》きとなってあふれ出てきた。森は燃えているかのようにぱちぱちと音を立てる。

「お祭り騒ぎだな」ある兵士が言った。「来るぞ！　全員入り乱れての肉弾戦だ」

「太陽がそれなりに上がったら、すぐに連中は攻撃してくると思ってたぞ」若者の中隊を率いる中尉は荒っぽい口ぶりで言った。中尉は小さな口ひげを思い切り引っ張った。隊の後ろで中尉が険しい威厳をにじませて行き来するなか、兵士たちは手当たりしだいに集めたもので作った防御用の壁の後ろに伏せていた。

さらに後方では、砲兵隊が低い音を立てながら位置につき、じっくり考えるように遠くを砲撃していた。まだ何の攻撃も受けていない連隊は、前にある森の灰色の暗がりを炎の線が切り裂いてくる瞬間を待った。低い不平や悪態の声があちこちで上がった。

「いい加減にしてくれよ」と若者は文句を言った。「ねずみみたいに追い回されてばかりじゃないか。もううんざりだ。おれたちがどこに行くのか、なぜ行くのか、誰か知ってるのかよ。次から次に銃撃されて、こっちでやられてあっちでやられて、それが何のためかも分かりっこない。袋に入れられた子猫にでもなった気分だ。なんだってこの森まで行軍してきたのか教えてもらいたいね。反乱軍にばっちり狙い撃ちされるためか？　おれたちはここに入ってきてイバラに散々足を取られて、それから戦い始めるってのに、反乱軍はけっこう楽にしてたんだろ。運がどうのこうのって話じゃないぞ！　おれは騙されない。あのばかの――」

戦友は疲れきっているようだったが、静かで自信のある声で割って入った。「まあなんとかなるって」と言った。

「なんとかなるってか！　相変わらず余裕の口ききやがって。いちいちうるさいんだよ。いいか――」

今度あいだに入ったのは、気性の荒い中尉だった。溜め込んでいた不満をぶつける相手は部下たちしかいなかったのだ。「黙れ、お前ら！　ああでもないこうでもないと、年寄りの雌鶏《めんどり》みたいにぐだぐだ喋《しゃべ》って体力を無駄にするな。お前らの仕事は戦うことだ。それがあと十分もすれば本気で始まるんだぞ。黙って戦う、それが兵士ってもんだ。こんなぺちゃくちゃうるさい連中は見たことがない」

彼は言葉を切り、言い返してくる生意気な兵士がいればつかみかかる構えだった。

どこからも声は上がらなかったので、彼はまた大股で行き来を始めた。

「戦争だってのに雑談ばかりで戦闘がないな」と兵士たちのほうを振り向いて吐き捨てた。

あたりはさらに白くなっていた。そしてついに、人でごった返す森に太陽の光がたっぷりと注がれた。戦闘のつむじ風のようなものが、若者の連隊がいる戦列に向かってさっと吹きつけてくる。前線はかすかに動いてそれを正面から受け止めた。空白の時間があった。戦場のこの一角では、嵐の前の張り詰めたひとときがゆっくりと流れていく。

一丁のライフルが、連隊の前にある藪で光を放つ。一瞬のうちに、無数のライフルがそれに加わる。銃声の大いなる歌が生まれ、森を駆け巡った。後方の大砲はどれも、投げつけられた砲弾によって目を覚まして怒り狂い、突如として、別の大砲の群れとの醜い論争に入った。戦いの咆哮《ほうこう》は雷の轟きに定まり、ひとつの長い爆発音になった。

連隊に生まれた奇妙な躊躇いが、兵士たちの姿勢に表れていた。わずかな睡眠で重労働をこなしてきた彼らはやつれ、疲れきっていた。迫りつつある戦闘に向かって呆《あき》れた目つきになりつつ、衝撃を待っている。たじろぎ、ひるむ者もいた。みな、杭《くい》に縛りつけられた男のように立ちすくんでいた。

第17章

今回の敵の攻勢は情け容赦のない狩りだ、と若者は思った。強い怒りで腸《はらわた》が煮えくり返った。足を踏み鳴らし、渦巻きながら幻の洪水のように近づいてくる煙に憎しみの目を向けた。どうやら敵は、おれに息つく暇も座って考える暇も与えるものかと心を決めているらしい。まったく頭にくる。昨日、おれは戦い、そそくさと逃げた。さまざまな経験をした。それだけの思いをしたのだから、今日は休息してもの思いにふけってもいいはずだ。初心《うぶ》な聴衆を前に、自分が目にしてきた光景を語って聞かせたり、手練《てだ》れの兵士たちと戦争の行方についてしたり顔で話し合ったりできたはずだ。それに、体を回復させる時間も与えられていいはずだ。昨日の出来事のせいで体が痛く、こわばっている。体力を使い果たしていた彼は、今は休みたかった。

だが、敵の兵士たちは疲れ知らずだった。動きを緩めることなく戦っている。その無情な敵が憎くてしかたなかった。昨日、宇宙が自分に刃向かっていると想像し、彼は宇宙を憎んだ。小さな神々も、大きな神々も憎んだ。今日、敵の軍に対しても同じくらい強い憎しみを感じた。男の子たちに追い回される子猫のようにいじめられてたまるものか。男をぎりぎりのところに追い詰めてはいけない。そうしたときに牙をむき、爪を出すのだから。

身をかがめ、戦友の耳に話しかけた。脅すような身振りを添えた。「おれたちを追い回すってんなら、気をつけてもらわないとな。我慢にも限界ってものがあるんだ」

戦友は首をひねると、落ち着いて答えた。「あいつらに追い回されたら、おれたちはみんな川に落ちることになるな」

そのひと言に、若者は荒々しい声を上げた。小さな木の後ろでうずくまり、憎しみに目を輝かせ、野良犬のように歯をむき出しにした。不恰好な包帯はまだ頭にあり、傷の上の布地には血が乾いた跡があった。髪は乱れ放題で、包帯の上から額にもかかっていた。上着とシャツは喉元が開き、日焼けした若い首をあらわにしていた。喉が何度もごくりと動くのが見えた。

指はおどおどとライフルを握っている。それがすべてを滅ぼす力を備えた武器だったらどんなにいいか。自分も仲間たちも貧しく取るに足らない人間なのだと決めつけられ、なぶられ嘲《あざけ》られているのだ。それに対して仕返しすることができないと分かっているせいで、怒りは暗く荒れ狂う幽霊となり、それに取り憑《つ》かれた彼は忌まわしい残虐行為を夢見た。自分を苦しめようとする者たちは傲慢にも血を舐《な》めにくる蠅《はえ》であり、その顔が苦悶に歪《ゆが》むのを見るためなら命をかけてもいいと思えた。

戦いの凪は連隊全体に吹きつけ、ついに、前列で一丁のライフルが火を吹くと、すぐにほかのライフルも続いた。一瞬遅れて、連隊は勇ましい大声を上げて応じた。濃い煙の壁が、ゆっくりと落ち着いた。ライフルの火が、猛烈な勢いでナイフのようにその煙に切れ目を入れていく。

戦う者たちは、暗い穴に放り込まれて死ぬまで闘わされる動物たちに似ている。若者にはそう思えた。自分と仲間たちは窮地に立たされ、今度は押し返し、ぬるぬるしてとらえどころのない獣の猛攻撃を跳ねのけようとずっともがいているのだ。深紅の光を放っても、敵の体にはどうしても当たらないように思えた。敵はそれをさらりとかわし、くぐり抜け、あいだを通り、回り込んでくるようだ。

夢想のなかで、手にしているライフルは役立たずの棒きれでしかないのだという思いにとらわれると、すべての感覚はなくなって憎しみだけが残った。敵の顔に浮かんでいるはずの勝利に輝く笑みを、徹底的に叩き潰してやりたかった。煙に飲み込まれた青服の隊列は、踏みつけられた蛇のようにくねくねと体をよじる。恐怖と怒りに苦しみ、頭と尾を左右に振る。

気がつけば、若者は両足でまっすぐ立っていた。だが、どこに地面があるのかは分からない。いつもの平衡感覚を失い、激しく転びさえした。すぐにまた立ち上がった。そのとき、混乱する頭のなかをよぎる考えがあった。おれが転んだのは、撃たれたからだろうか。だが、その思いはすぐに消え去った。それ以上は考えなかった。

小さな木の後ろにまず陣取り、何があろうとそこを守ろうと誓った。自分の軍がその日に勝てるとは思っていなかったし、そのせいで、もっと激しく戦おうという気力が湧いた。だが、無数の味方の兵士たちはあらゆる方向に突進していってしまい、どちらに行ったのか、どこにいるのかも分からなくなった。分かるのは敵の居場所だけだった。

炎が嚙《か》みついてくる。熱い煙が肌を焼く。ライフルの銃身は熱くなり、普通ならもう握っていられないほどだ。それでも、弾薬筒を詰めては、しなる槊杖《さくじょう》で騒々しい音を立てて押し込んでいく。煙の奥でゆらゆらと動く姿に狙いをつけるときには獰猛《どうもう》なうなり声を上げ、まるでありったけの力で殴ろうとしているかのようだった。

自分たちの前から敵が退いていく気配になると、若者はすぐに前に出た。相手がぐずついていると見るや、犬がくるりと向きを変え、ついてこいと要求するように。そして、ふたたび元の位置に戻ろうというときには、ゆっくりと陰気に動き、怒りのこもった絶望の足取りになった。

一度、まわりの兵士たちが撃ち終えていても、彼ひとりが激しい憎しみをこめて銃撃を続けていることもあった。自分のことにかかりきりで、銃声がやんだのにも気がつかなかったのだ。

そんな若者がわれに返ったのは、しわがれた笑い声と、軽蔑と驚きをにじませたひと言が耳に届いたからだった。「この大ばか野郎、もう撃つものなんて何もないってのにまだやってるのかよ。おいおい！」

それを聞いて彼は振り向き、構えかけていたライフルを下ろし、仲間たちが作る青い列を見た。しばらく、みなが呆気《あっけ》にとられて彼を見つめていたようだった。彼らは観客と化していた。彼が隊の前のほうに向き直ってみると、煙は晴れていて、人のいない地面が見えた。

一瞬、戸惑いを隠せなかった。それから、鈍くぼんやりとした目に、知性のダイヤモンドの光が宿る。「そうか」と、事態をのみ込んだ彼は言った。

仲間たちのところに戻り、地面に倒れ込んだ。こっぴどく殴られたかのように大の字になった。体が妙な具合に燃えているように思えるし、戦闘の音はまだ耳にこびりついている。見もせずに水筒を手探りする。

中尉は得意満面だった。戦いに酔っているようだった。若者に声をかけてきた。「おい、お前みたいに山猫ばりに暴れまわるやつが一万人いたら、一週間もせずにこの戦争の腹を引き裂いてやれるな！」そう言いながら、誇らしげに胸を張った。

何人かの兵士がもぐもぐと呟《つぶや》き、畏怖《いふ》の目を若者に向けた。明らかに、彼が休みなく弾を込め、銃撃しては呪いの言葉を発しているときに、彼らはそれをじっくりと眺めていたのだ。そして今は、戦争の鬼だと思われている。

戦友がよろよろと近づいてきた。その声には恐怖と不安が交錯していた。「フレミング、お前大丈夫か？　おかしなところはないよな？　ヘンリー、そうだよな？」

「大丈夫だよ」どうにか若者は答えた。喉のなかがこぶと毛でつかえてしまったように思えた。

そうしたやりとりがあって、若者は考え込んだ。おれは野蛮人、いや野獣のようになっていた。信仰を守ろうとする異教徒のような戦いぶりだった。振り返ってみれば、見事で、荒々しく、どこか簡単なことだったようにも思える。どこから見ても、強烈な戦いぶりだったにちがいない。その努力により、かつては巨大な山のように思えた障害を乗り越えてみせたのだ。障害は紙で作った峰のようにぱたぱたと倒れ、そして、おれはいまや英雄になったのだと言っていい。自分ではその道のりを意識することはなかった。眠っていて、目を覚ますと騎士になっていたのだ。

横になったまま、仲間たちからときおり向けられる視線が心地よかった。彼らの顔は、火薬によってまちまちに黒く汚れていた。すっかり黒くなっている兵士もいた。汗まみれで、あえぐような激しい息づかいになっている。そうした汚れた顔にある目が、彼を見つめていた。

「猛烈な戦いぶりだ！　猛烈だった！」中尉はうわごとのように叫んだ。熱気を帯びたせわしない足取りで動き回った。荒々しく不可解な笑い声が聞こえてくることもあった。

戦争という科学について、とりわけ鋭いことを思いついたときはいつも、中尉はそうとは気がつかずに若者に話しかけていた。

兵士たちのあいだには、猛々《たけだけ》しい喜びがあった。「なあおい、こんな連隊は軍にはもう入ってこないだろうな！」

「そうとも！

　犬に女にクルミの木

　叩けばそれだけよくなる！

それがおれたちさ」

「かなりの兵隊を失ったよな、あいつら。婆さんが出てきて森を掃除したら、ちり取りは死体でいっぱいになるぜ」

「そうさ、それに一時間してもういっぺん出てきたら、またいっぱいになる」

森はまだ騒音の重荷を抱えていた。遠くの木々の下から、マスケット銃の乾いた音が響いてくる。離れたところにあるどの藪《やぶ》も、炎の針をつけたヤマアラシのように見えた。黒い煙の雲がひとつ、くすぶる廃墟から出てきたように上がっていき、その先にある太陽は、青い釉薬《うわぐすり》をかけた空にきらびやかに輝いていた。

第18章

消耗した隊はしばらく休んだが、そのあいだに森のなかの争いが激しくなり、ついには、銃撃で木々が震え、走る兵士たちによって地面が揺れるかに思えた。大砲の音は重なり合い、長く果てしない口論となった。息をするのも苦しいほどの空気になった。男たちの胸は新鮮な空気を求め、喉は水を渇望した。

一瞬の凪《なぎ》があったとき、一発の銃弾が兵士の体を貫き、苦しげなうめき声が上がった。戦闘中からずっと声を上げていたが誰も気がつかなかったのかもしれない。だが今、兵士たちは振り向き、倒れて痛々しい声を上げているその男を見た。

「誰だ? 誰なんだ?」

「ジミー・ロジャースだ。ジミー・ロジャースだよ」

彼に目を留めると、兵士たちは近くに行くのを怖《おそ》れるかのように突然動かなくなった。彼は草地でのたうち回り、震える体をよじっては、次々に奇妙な姿勢になった。大声で叫んでいた。一瞬みなが躊躇《ためら》ったことがどうにも我慢できなかったらしく、金切り声を上げて男たちを罵《ののし》った。

若者の戦友は、小川が近くにあるはずだと思い込み、水を取りに行く許可をもらった。たちまちのうちに、彼に水筒の雨が降りかかった。「おれの分も入れてきてくれよな」「おれにも水を頼む」「おれもだ」。彼は水筒だらけになって出かけた。若者もついていった。熱くなった体を川に投げ入れ、浸《つ》かりながらたらふく水を飲みたかった。

あるはずの小川をふたりで急いで探したが、見つからなかった。「ここには水はないな」と若者は言った。ふたりはさっさと踵《きびす》を返し、来た道を戻り始めた。

そこから戦闘をしていたところに向き直ってみると、隊列からもうもうと上がる煙で視界がぼやけていたときよりも、状況がはっきりと見えた。黒くひと続きになった森が曲がりくねるように広がり、開けた場所のひとつでは一列に並んだ大砲から灰色の雲が上がり、そこを橙《だいだいいろ》色の炎の閃光が満たしている。少し密集した木々を越えたところに、一軒の家の屋根が見える。窓がひとつ深紅の光を放ち、葉越しでもはっきりと窓の形が分かる。その大きな建物からは、傾く煙の塔が空高く上がっている。自分たちの軍を見渡してみると、入り乱れていた兵士たちはゆっくりと通常の隊形に戻っていくところだった。太陽の光が、あちこちで鋼鉄をまぶしくきらめかせている。その後方には、遠くの傾斜を曲がっていく道が少しだけ見えていた。道は退却していく歩兵隊でごった返していた。絡み合う森のいたるところから、戦闘の煙と騒々しい音が立ち上る。高々と響く耳障りな音がつねに宙を埋め尽くしている。

ふたりの近くで、砲弾があちこちの方角から空気を切り裂いていく。ときおり、銃弾がうなり声を上げて飛んできて木の幹に食い込む。負傷した兵士たちや落伍者たちが、こそこそと森を抜けていく。

木立が作る通路を目で追っていくと、騒々しい音を立てる将軍とその参謀が、四つん這《ば》いで進んでいた負傷兵を馬であやうく踏みつけるところだった。将軍は口が泡だらけの軍馬の手綱《たづな》をぐいと引き、巧みに操って兵士をよけた。負傷兵は苦しげな動きで必死に手足を使って逃れた。安全な場所にたどり着くと、どうやら体力が尽きたらしく、片腕がいきなり崩れて倒れ込み、そのままずるずると仰向《あおむ》けになった。大の字になって、そっと息をしていた。

少しすると、小さな騎馬隊が馬具を軋《きし》ませて若者と戦友の目の前に現れた。カウボーイのようにさらりと馬にまたがった上級士官が馬を走らせ、将軍のすぐ前に止めた。若者と戦友がそこにいることに気がついていなかった。ふたりはそのまま歩いていくそぶりは見せたものの近くに留《とど》まり、会話を立ち聞きできないものかと思っていた。ひょっとすると、歴史に残るような偉大な言葉が内輪で交わされるところを耳にできるかもしれない。

師団の司令官であるその将軍は、上級士官を見ると、服装がなっていないとでも言いたげに冷ややかに口を開いた。「敵はまた攻勢をかけるべく、あそこに集結している」と言った。「ホワイターサイドが狙われるだろうし、決死の覚悟で止めなければ突破されてしまう」

士官は頑固な馬に悪態をつくと、咳払《せきばら》いをした。帽子に触れるような仕草をした。

「止めるには相当な犠牲が出るでしょうね」とだけ言った。

「だろうな」と将軍は言った。それから、声を低くして早口で話し始めた。しばしば、指を立てて自分の言葉を強調した。ふたりの兵士には何も聞き取れなかったが、しばらくして将軍がこう尋ねたのは分かった。「どの部隊を出せる？」

カウボーイのように馬にまたがった士官は、少しだけ考えた。「そうですね」と言った。「第一二連隊に命じて第七六連隊の援軍に行かせましたから、手元にはさして残っていません。でも第三〇四連隊がおります。ラバ追いみたいな戦いぶりですよ。出せるなかでは一番です」

若者と戦友は仰天して視線を交わした。

将軍はきびきびした口調になった。「それでは準備させろ。私はここから戦況を見守り、彼らをいつ向かわせるかを伝える。五分後に伝えるからな」

相手の士官がさっと帽子に手をやって敬礼してから馬を逆方向に向け、離れていこうとすると、将軍は落ち着いた声で呼びかけた。「お前のラバ追いたちのほとんどは戻ってはこれないぞ」。士官は何かを叫び返した。笑顔だった。

若者と戦友は怯《おび》えた顔になり、急いで隊列に戻った。

あっというまの出来事だったが、若者はそのあいだに一気に老け込んだような気がした。世界を見る目が変わったのだ。そして最も驚くべきは、自分などちっぽけな存在なのだ、と出し抜けに思い知ったことだった。連隊について語るあの士官は、まるで箒《ほうき》の話でもしているかのような口ぶりだった。森のどこかを掃除せねばならなくなり、それなら箒が一本ありますと言ったわけだ。その箒がどうなろうと知ったことではない、と言わんばかりに。戦争だということは分かっていても、奇妙な光景だった。

隊列に近づくと、それに気がついた中尉は怒りで胸を膨らませた。「フレミング、ウィルソン。水を汲《く》みに行くだけなのに何やってる。どこへ行ってきたんだ」

だが、すごい話を持って帰ってきたふたりの目を見ると、その説教は途切れた。

「おれたちは突撃することになります。突撃するんです」と、若者の戦友はまくし立てた。

「突撃だと？」中尉は言った。「突撃？　そう来たか！　じゃあ本物の戦闘だな」。汚れた顔に自慢げな笑みが広がった。「突撃か！　そう来たか！」

ふたりのまわりに兵士たちの小さな輪ができた。「本当にやるのか？　なんてこった。突撃かよ。何のために？　どこに？　ウィルソン、嘘なんだろ」

「命にかけて本当だよ」若者は言い、むっとした口調になった。「確実な話なんだ」

そこに戦友も加勢した。「いいか、嘘なんて言ってない。あいつらの話を聞いたんだ」

兵士たちは少し離れたところで馬にまたがるふたつの人影に目を留めた。ひとつは連隊長の大佐、もうひとつは師団の司令官から命令を受けた士官だった。互いに興奮した身振りになっている。戦友はそのふたりを指し、どういうことかを説明した。「その話をどうやって聞いたんだよ？」と、ひとりだけ異議を唱えた兵士がいた。だがほとんどは、仲間が話しているのは本当のことだ、と頷《うなず》いた。

男たちは事態を受け入れた雰囲気になり、休息の体勢に戻った。そして、百ほどのさまざまな表情で思いを巡らせた。ほかのことを考える余裕などなかった。多くがベルトをしっかりと締め直し、ズボンを引き上げた。

しばらくすると、士官たちが兵士たちのあいだをせわしなく動き始め、彼らをひと回りこぢんまりとした集団に整列させた。列からはぐれた兵士たちを追い回し、そこから動きたがらない何人かには怒りを爆発させた。羊たちを相手に奮闘する厳しい羊飼いのようだった。

すぐに連隊は背筋を伸ばし、深呼吸するような姿勢になった。男たちの顔には、大それた考えはまったく浮かんでいなかった。号砲を待つ短距離走者のように体を曲げてかがんでいる。汚れた顔に目が光り、鬱蒼とした森が作るカーテンを眺める。時間と距離をじっくりと測っているようだった。

まわりでは、ふたつの軍が交わす化け物じみた言い争いの音が響いている。世界は別のことにすっかり目を奪われている。どうやら、連隊のささやかな任務に構う者はどこにもいない。

若者は振り返り、素早く問いただすような目で戦友を見た。すると同じ視線が返ってきた。あのことを知っているのはふたりだけだ。ラバ追い。相当な犠牲。ほとんどは戻ってはこれない。それを秘密にしておくとは皮肉なものだ。それでも、互いの顔に躊躇いは見えなかった。そして、近くにいたぼさぼさ頭の兵士がおとなしい声で「おれたち飲み込まれてしまうな」と言ったとき、ふたりは何も言わず、それはちがうとも言わずに頷いた。

第19章

目の前に広がる平地を、若者はじっと見た。いまや、木の葉の奥には強力で恐ろしい何かが隠れているように思えた。突撃を開始する命令が伝達されていくのには気がつかなかったが、視界の片隅に、少年のような士官が馬にまたがり、帽子を振りながら全速力で駆けてくるのが見えた。するといきなり、兵士たちのあいだに緊張が走った。倒れていく壁のように、隊列はゆっくりと前かがみになり、そして、雄叫《おたけ》びのつもりで上げた震えた声とともに、連隊は突撃の旅を始めた。しばらく押されたりぶつかられたりしてようやく、動き出したのだと若者は理解し、すぐに前に飛び出して走り始めた。

遠くにひときわ目につく小さな森があり、そこで敵と対決するのだと信じて目を離さなかった。不愉快なことはなるだけ早く済ませてしまうにかぎる、それだけの話だ、とずっと信じていたので、逃走する殺人犯のような勢いで必死に走った。真剣そのものの思いに顔は引き締まっていた。目はぎらぎらした輝きをずっと放っていた。汚れて乱れた軍服を着て、赤く燃える顔の上にある黒ずんだ布切れには血がにじみ、ライフルを振り回して装備を派手な音で鳴らしている。その姿は狂った兵士だった。

駆け出していた連隊が開けた場所に出ると、前方の森や藪《やぶ》が目を覚ます。あらゆる方向から、黄色い炎が連隊に飛びかかってくる。森はとてつもない抗議の声を上げる。

よろめきつつも、連隊は横一列をしばらく保って進んだ。それから、右翼がいったん前に出た。続いて左翼がその前に出る。その次は中央が駆け出て、連隊はくさび形になったが、それもほんの一瞬のことだった。立ちはだかる藪や木々、地面の起伏のせいで、隊はいくつかの集団に分断された。

足の速い若者は、気がつけば前に出ていた。小さな森をまだ見つめていた。その近くのいたるところから、団結する敵の怒鳴り声が聞こえてくる。そして、小さなライフルの炎が森から次々に飛び出してくる。銃弾の歌が響き渡り、梢《こずえ》をかすめる砲弾がうなる。一発の砲弾が、走っていく兵士の一団の真ん中に落ち、爆発して深紅の色を飛び散らせた。一瞬だけ、それを越えて走っていこうとする兵士が、両手を上げて目を守る姿が見えた。

銃弾を食らった兵士たちは倒れ、苦痛でのたうち回っている。連隊は途切れることのない小道のように死体を残していく。

隊は空気が少し澄んだ場所に入っていた。視界がはっきりして見える風景は、啓示のようだった。狂ったように動いている砲兵たちがはっきりと見え、敵の歩兵隊の隊列は、灰色の壁と煙の縁に囲まれていた。

すべてが見える。若者にはそう思えた。草の葉のひとつひとつが、はっきりと際立っている。何層にもなってゆったりと漂う、薄く透明な蒸気の動きがすべて分かる。茶色や灰色の木々の幹は、それぞれ独特にごつごつした樹皮を見せている。そして連隊の兵士たちは目を見開き、顔に汗を垂らして懸命に走り、あるいは頭から放り投げられたように倒れ込み、風変わりな死体の山となっていく。そのすべてが理解できる。機械的だが確かな印象が心に刻まれたため、あとですべてがまざまざと蘇《よみがえ》ってきて腑に落ちた。ただし、どうして自分がそこにいたのかだけは分からなかった。

だが、その必死の突撃から熱狂が生まれていた。狂ったように突き進む男たちは、暴徒めいた獰猛《どうもう》な雄叫びを上げるようになっていたが、その奇妙な響きは鈍感な者をも自制心ある者をも焚《た》きつけた。そこにある狂った熱気は、花崗岩《かこうがん》や金属を前にしても止めようがないほどに思えた。絶望と死を前にしたときの忘我の境とは、どれほど見込みが薄かろうと構いもしないものだ。一時のものとはいえ、崇高な、人間離れした心境だった。ひょっとすると、若者があとになって、どうしてそこに自分がいたのかと不思議に思ったのは、その心境のせいなのかもしれない。

むりに走っていったせいで、兵士たちはじきに息が続かなくなった。先頭にいる兵士たちは示し合わせたように足取りを緩めた。彼らめがけて一斉に放たれる弾丸は、向かい風のように作用した。連隊は鼻を鳴らし、あえいだ。のっそりと立つ何本かの木のあいだでよろめき、躊躇《ためら》うようになった。目を見開いた兵士たちは、遠くに立つ煙の壁が動いてあたりがよく見えるようになるのを待った。体力も息も切れてしまったので、また警戒するようになった。彼らは人間に戻った。

何キロも走ったにちがいない。若者はぼんやりとそう思った。おれは新しい未知の土地にいるはずだ。

連隊が前進を止めた瞬間、早口でそれに抗《あらが》っていたマスケット銃の音が絶えまない大声になった。長く狂いのない煙の縁が広がる。小さな丘の頂上から水平にほとばしる黄色い炎は、空気を切り裂き、人のものではない口笛の音を立てる。

立ち止まった男たちの目に、何人かの仲間がうめき声や叫び声とともに倒れ込む姿が見えた。二、三人が地面に倒れ、じっとしていたり、泣き叫んだりしている。そして、兵士たちは立ち尽くし、だらりと下りた手にライフルを持ったまま、連隊が小さくなっていくのを見守った。茫然《ぼうぜん》として、何も分かっていない様子だった。目の前の光景に体が麻痺してしまい、命の危険も忘れて魅了されてしまったようだ。固まったままあたりを見つめ、視線を下げると、顔から顔に目を移した。奇妙な静止、奇妙な沈黙だった。

すると、外の騒がしい音を越えて、中尉の怒鳴り声が響いた。いきなりずかずかと歩み出てきた彼は、子供じみた顔にどす黒い怒りをみなぎらせていた。

「このうすのろども、何やってる!」と彼はわめいた。「行くぞ! ここで止まるな。進むんだ」。さらに続けたが、何を言っているのかはよく分からなかった。

兵士たちに顔を向けたまま、中尉は駆け出した。「行くぞ」と叫んでいた。男たちはぼんやりとした田舎者のような目を向けた。中尉は止まり、戻ってくるほかなかった。そして敵のいるほうに背を向け、部下たちに強烈な罵声を浴びせた。その勢いで体が震えていた。少女が糸にビーズを通すほどなめらかに、次から次に罵《のの》り言葉が出てきた。

若者の戦友が動いた。唐突に前に出ると両膝をつき、しつこい森に向けて怒りのこもった一発を放った。その動きで、男たちはわれに返った。もはや、羊のように体を縮めはしない。手元に銃があることをふと思い出したように、一斉に撃ち始めた。士官たちに尻を叩かれるようにして前に進み始めた。ぬかるんだ泥に突っ込んだ荷車のように引き込まれた連隊は、がくがくと一定しない動きになった。兵士たちは数歩ごとに足を止め、銃撃しては弾を込め、そうして木から木へとゆっくりと動いていく。進んでいくにつれ、前方での反撃の炎は激しくなり、そのうち、飛び出してくる細い舌に前方がすべて塞がれているかと思えるほどになる。右の奥のほうでは、不気味なおとりの動きがときおりおぼろげに見えた。新たに生まれた硝煙が雲となって視界を混乱させ、連隊はまわりをしっかり見て進むことができなくなった。渦巻く煙の塊を抜けていくたびに、その奥では何が待ち構えているだろうかと若者は自問した。

部隊はもがきつつ前進し、開けた場所に出た。その向こうには、毒々しい敵の隊列。そこに来たところで、兵士たちは木の後ろにしゃがんで縮こまり、波にさらわれるとでも思っているかのように必死にしがみついた。目は爛々と燃え、自分たちが起こした騒ぎに驚いているかのようだ。嵐のなかで、自分たちの重要さが皮肉にも表れていた。兵士たちの顔からは、そこにいるのが自分たちの行動の結果だとはまったく思っていないことが見てとれた。追い立てられてきたかのようだった。動物的な面が大きくなり、生きるか死ぬかというときになって、目下の状態を引き起こしたのは何なのかも思い出せずにいる。彼らの多くにとっては、すべてが理解不能だった。

そうして足踏みしていると、また中尉が口汚く罵声を浴びせた。執念深く彼らを脅かす銃弾には構うことなく、中尉は前進するぞと説き、叱りつけ、罵って回った。いつもは穏やかで子供じみた形の唇が、今は悪意に歪《ゆが》んでいた。ありとあらゆる神を引き合いに出して罵った。

一度、中尉は若者の腕をつかんだ。「行くぞ、こののろま！」と吠えた。「行くぞ！ここにいたって皆殺しになるだけだ。あそこを突っ切ればいいだけなんだ。それから――」その続きは悪罵の青い霞《かすみ》のなかに消えていった。

若者は前を指した。「あそこを突っ切るって？」その口は疑念と畏怖《いふ》ですぼまっていた。

「そうだ。あそこを突っ切るだけだ！　ここにいるわけにはいかない」中尉は叫んだ。若者の目の前に顔を突き出すと、包帯を当てた片手を振った。「行くぞ！」そして、レスリングの試合をするような調子で若者をつかんだ。耳をつかんで引きずっていき、攻撃させようとでもいうように。

二等兵である若者の心に、士官に対する言葉にならない憤りがむくむくと湧き上がってきた。荒っぽく体をよじって手を振り払った。

「じゃあ自分で行けよ」若者は怒鳴った。その声には苦々しい挑発の響きがあった。

ふたりは一緒に連隊の先頭まで走っていった。その後ろを、戦友があわてていていく。軍旗の前に出ると、三人の男はわめき出した。「行くぞ！　行くぞ！」拷問にかけられる先住民のような動きで体をくねらせた。

その訴えに応えて、輝く軍旗がはためきつつさっと近づいてくる。しばらく躊躇《ためら》っていた兵士たちが長く悲しげな雄叫びを上げると、ぼろぼろになった連隊は前に向かって殺到し、新たな旅を始めた。

兵士たちの集団が、野原を走っていく。ひと握りの男たちが、敵の顔に飛びかかろうとする。すぐに黄色い炎の舌がそれに向かって次々に飛び出してくる。前には巨大な青い煙が立ち込めている。鳴り響く音の大きさは、耳を無意味なものにしてしまう。

若者は狂ったように走り、銃弾に見つかる前に森に入ろうとした。フットボール選手のように頭を低くしていた。目をほとんど閉じるようにして先を急ぎ、まわりは荒々しくぼやけて見えるだけだった。口の両端から垂れかけたよだれが脈打つように動いていた。

前に進んでいく彼の心には、愛が生まれていた。近くにある軍旗に対するやみくもな愛情だった。旗は美と不死の存在だった。それは輝かしい女神であり、堂々と前のめりになって彼に身振りをしている。憎しみと愛をあわせ持つ赤と白の女性が、彼に希望の声をかけてくる。旗には何の危害も及ばない。そう思った彼は、旗に力があるものと信じた。命を救ってもらえるとでも思っているようにそばを離れず、心から嘆願する叫びを発していた。

決死の思いで突撃していくと、旗手の軍曹がいきなり棍棒で殴られたようにたじろぐのが分かった。軍曹はよろめき、そして動かなくなり、両膝だけがわないていた。

若者は駆け寄ると、旗竿をつかんだ。同時に、戦友も反対側から旗竿を握った。ふたりで軍旗を激しく引っ張ったが、軍曹は死んでもなお手を離そうとはしなかった。

一瞬、薄気味悪い対面になった。死んだ男は腰を曲げて揺れながらも、旗を手放すまいと引っ張っている。それは滑稽であると同時に恐ろしくもあった。

あっさりと、その対面は終わった。ふたりは死んだ兵士から旗をひったくった。振り返ってみると、その亡骸《なきがら》は首を垂れて前に揺れた。片腕が高々と上がり、その手は抗議するように弧を描いて、ぼんやりとしている戦友の肩にどさりと落ちた。

第20章

ふたりの若い兵士が旗を持って向き直ると、連隊の大部分は崩れ去っていて、残りの兵士たちがぐったりとした鈍い動きで戻ってくるところだった。発射されるようにして突進していった兵士たちは、すぐに力を使い果たしていた。ゆっくりと退却しながら、顔は早口でまくし立てる森に向けたままで、熱くなったライフルでその騒々しい音に応じていた。何人かの士官が金切り声を上げて命令を出していた。「どこに行くってんだ?」中尉は嘲《あざけ》るような声でわめいた。すると、金管楽器を三つ重ねたように声がよく通る赤毛のひげの士官が命令した。「あいつらのなかに撃ち込め! 撃ち込んでやるんだ、あんなやつら殺してしまえ!」入り乱れる大声が、矛盾する不可能なことを兵士たちに命じていた。

若者と戦友は、旗をめぐって少しばかりもみ合った。「おれによこせ!」「いや、おれが持っていく!」どちらも、相手が旗を持てばいいと思っていたが、部隊の印を持って危険を背負うのは自分だと言わねばならないような気がしていた。若者は戦友を荒っぽく突き飛ばした。

連隊はぼんやりと立つ木々のところに戻っていた。そこでいったん足を止め、そろそろとあとをつけてくる暗い影に向けて銃撃した。すぐにまた行軍を始め、弧を描くようにして木々のあいだを抜けていった。かなりの数の兵士を失った連隊は、最初の開けた場所にたどり着くころには、容赦のない立て続けの銃撃を浴びていた。まわりのいたるところに暴徒がいるようだった。

意気を削《そ》がれ、動揺して落ち込んだ兵士たちのほとんどは放心状態に見えた。浴びせられる銃弾の雨を、ぐったりとうなだれて受け入れた。力いっぱい壁を押したところで意味はない。花崗岩《かこうがん》に体当たりをしても無駄というものだ。自分たちは打ち倒せないものを打ち倒そうとしていたのだ。その思いから、裏切られたという気持ちが芽生えているようだった。彼らは眉をひそめ、敵意をむき出しにして士官たちを睨《にら》みつけた。とりわけ、三つの金管楽器の声を持つ赤ひげの士官を。

しかし、連隊の後方を守る男たちは、進んでくる敵に対していらだったように銃撃を続けていた。あらゆる手を尽くすつもりでいるらしい。若い中尉は、混乱する集団の一番しんがりにいたのだろう。うっかり敵に背を向けていて、片腕を撃たれていた。腕はこわばってまっすぐ下がっている。ときおりその腕のことを忘れてしまい、罵《のの》り言葉に身振りで色をつけようとした。痛みが倍になり、彼は信じられない勢いで悪態をついた。

若者はすべりながらおぼつかない足取りでついていった。後ろをつねにうかがっていた。悔しさと怒りで苦々しい顔になっている。自分たちをラバ追い呼ばわりしたあの士官を完璧に見返してやるのだ、と思っていた。だが、それはむりなようだ。みるみる数を減らしていくラバ追いたちが、あの小さく開けた場所で迷い、躊躇《ためら》い、そしてひるんだとき、復讐の夢は潰《つい》えたのだ。そして今、ラバ追いたちは退却している。それは彼にとっては恥辱の行進だった。

短剣の切っ先のような目は、黒ずんだ顔から敵に向けられていた。だが、より大きな憎しみは、彼のことを知りもせずにラバ追い呼ばわりしてきたあの男にしっかりと向けられていた。

その士官にちょっとした悔恨の痛みをもたらすようなことを、連隊はなにもできずじまいだった。そう知ったとき、若者は挫折した者の怒りに身を委ねた。侮辱の言葉を平然と言い放つあの士官は、墓の上で死んでいるほうがよほど絵になるだろう。仕返しに非難する秘《ひそ》かな権利を手にすることができなかったとは、あまりに悲しい。「おれたちがラバ追いだって？」その赤い文字によって、復讐を成し遂げる瞬間を思い描いていた。それが今は、その計画を諦めねばならない。

すぐに自尊心の衣をまとい直し、旗をまっすぐに持った。空いている手で仲間たちの胸を押し、熱弁を振るった。知り合いの兵士たちには名前で呼びかけ必死に訴えかけた。兵士たちを叱り飛ばし、怒りで度を失いかけている中尉とのあいだに、ちょっとした仲間意識と対等の感覚が生まれた。しわがれた声を張り上げて、あらゆる手段で主張することで、ふたりは支え合った。

だが、連隊は動きを止めた機械だった。ふたりの男がまくし立てている相手は、もう力を失っていた。ゆっくりとでも進んでいこうという勇気のある兵士たちも、仲間たちがさっさと元の隊列に戻っていくと知ると、決意が揺らいでしまっている。まわりが自分の命を第一に考えているのに、お前の名誉はどうなると言われてもむりな相談だ。負傷兵たちは、この暗澹《あんたん》たる旅路で叫ぶまま置き去りにされていた。

煙と炎は、つねに猛《たけ》り狂っていた。雲が一瞬分かれてその奥を垣間《かいま》見た若者の目に、茶色い塊になった部隊が飛び込んできた。煙できれぎれになっているせいで大きく見え、何千人といるように思えた。獰猛《どうもう》な色合いの旗がひとつ、目の前でひらりとはためいた。

煙が晴れる手はずになっていたかのように、その部隊はすぐに耳障りな雄叫《おたけ》びを発した。百もの炎の筋が、退却する隊に襲いかかる。うねる灰色の雲がまた、強情に応戦する連隊の前をふさいだ。若者は入り乱れるマスケット銃の音と怒号で麻痺しかけた耳にまた頼るほかなかった。

道は果てしなく続くように思えた。煙がかかった霞《かすみ》のなかで、連隊が道に迷ってしまい、危険な方向に進んでいると思った男たちは恐怖に襲われた。一度、荒々しい行進の先頭に立っていた男たちが、仲間を押しのけて逆方向に進んでいき、味方の隊列があるはずのところから撃たれていると叫んだこともあった。その声を聞いた部隊は、恐怖と動揺で半狂乱になった。それまでは連隊を理性的な集団にまとめ、いかに困難に思えようと落ち着いて進ませようとしていた兵士は、いきなり突っ伏すと両腕に顔を埋《うず》め、破滅に向かって屈服するような姿勢になった。別の兵士から上がった鋭い嘆きの声は、将軍のひとりに対する卑しい言葉に満ちていた。男たちはばらばらに走り、逃げ道を探した。間隔が決まってでもいるかのように、銃弾は規則正しく男たちに降り注いだ。

若者はその群衆のただなかにのっそりと歩いていくと、両手に旗を持ち、押し倒されてたまるかと足を踏ん張った。知らず知らずのうちに、前の日の旗手と同じ姿勢になっていた。震える片手で眉をなぞった。息はすんなりとは出てこなかった。息を詰まらせ、すぐに訪れるはずの危機を待っていた。

戦友がそばに来た。「なあヘンリー、これでおさらばってことだな」

「何言ってんだ、このばか！」若者は答え、彼のほうを見ようとはしなかった。

士官たちは政治家のように、どうにかその集団をしっかりとひとつにつなぎとめて攻撃に立ち向かわせていた。でこぼこの地面はひび割れていた。男たちは窪《くぼ》みがあればうずくまり、銃弾を防いでくれる何がしかの後ろに体を寄せた。

中尉が何も言わずに仁王立ちになり、剣を杖のように持っているのを見て、若者は少し驚いた。もう罵っていないのは、喉がどうかしてしまったのだろうか。

心ここにあらずといった風情で立っている中尉は、どこか奇妙だった。赤ん坊が思い切り泣いたあと、目を上げて遠くの玩具を見つめているようだ。考え事に没頭するように、柔らかな下唇を震わせてひとり言を呟《つぶや》いていた。

だらだらとした煙が、われ関せずとばかりにゆっくりと渦巻いている。銃弾から身を隠した男たちは、煙が晴れれば連隊の窮地が明らかになるものと固唾《かたず》を飲んで待った。

静かな隊列は、いきなり怒鳴り出した若い中尉の声に身震いした。「来たぞ！　正面からこっちに来るぞ！」彼はさらに言葉を続けたが、兵士たちのライフルが放つ邪悪な音によってかき消された。

われに返って興奮した中尉が指すほうをさっと向いた若者は、意地の悪い煙の霞が晴れて敵軍の一団をあらわにするのを見た。顔つきが分かるほど近かった。なじみのある顔つきだ。それに、彼らの軍服が薄い灰色で明るい色の襟章を着けているせいで陽気に見えるのが少し意外だった。軍服は新品に見えた。

その軍が、見るからに慎重にライフルを構えて前進してきたところを、中尉が目にしたのだった。青服の連隊からの一斉射撃によって、動きはいったん止まった。ちらりと見たかぎりでは、彼らは青い軍服を着た敵がすぐ近くにいるとは気がついていなかったか、敵のいる方角を勘違いしていた。ほぼ即座に、若者の仲間たちの力強いライフルから上がる煙によって、彼らの姿はまったく見えなくなった。一斉射撃の成果はどうなのかと目を凝らしても、硝煙が立ちはだかっていた。

ふたつの軍勢は、相対するふたりのボクサーのように攻撃を交わした。素早く激しい射撃が行き交う。青い軍服の男たちは、追い詰められた状況のせいで自暴自棄になり、近距離で復讐できる機会を逃すまいとする。彼らの轟音は大きく勇ましくなった。曲線を描く隊の前方は閃光に満ち、槊杖《さくじょう》が騒々しい音を立てる。若者は頭を引っ込めて少し場所を変え、不十分とはいえ敵を二、三回見ることができた。かなりの数がいるらしく、手早く応戦していた。一歩一歩、青服の連隊に近づいてくるように思えた。彼は膝で旗を挟み、むっつりと地面に座り込んだ。

凶暴で狼のような気性を見せる仲間たちを眺めるのは愉快だった。もし連隊という箒《ほうき》が大柄な捕虜として敵にのみ込まれたとしても、少なくとも剛毛を逆立てたまま屈するのだと思えば慰めにはなる。

だが、敵の攻撃は弱まり始めた。宙を切り裂く銃弾の数が減り、ついには、兵士たちが手を緩めて戦況を見ようとすると、濃い煙が漂っているだけだった。連隊はじっと伏せ、見つめた。じきに、しつこい霞に偶然の気まぐれが生じ、煙は重々しく渦巻いて遠ざかっていく。男たちの前には、兵士のいない地面があった。死体がいくつか投げ出され、草地で突飛な姿勢を取っているほかは、がら空きの舞台だった。

その光景を目にすると、青服の兵士の多くは防護用の壁の後ろから飛び出し、喜びで不恰好に踊った。目は爛々と輝き、乾いた唇からはしわがれた歓喜の声が上がった。

次々に降りかかる出来事は、自分たちの無力さを思い知らせようとしているのではないか。兵士たちはそう思い始めていた。小競り合いが生じるのは、自分たちはうまく戦えないのだということを明らかにするためではないか。そうした声に屈する寸前のところで、ささやかな対決を制し、やれないことはないのだと知り、自分たちのいやな予感に対しても敵に対しても見返してやれたのだ。

ふたたび、彼らは勢いを取り戻した。誇りに溢《あふ》れる顔であたりを見回し、手に持った銃に対する不屈の信頼をあらためて感じた。彼らは男だった。

第21章

銃撃の心配はない。彼らはすぐにそう悟った。あらゆる道が、あらためて開かれたのだ。友軍の埃《ほこり》っぽい青服の隊列が、少し離れたところに見えた。遠くでは轟々たる音が無数に響き合っていたが、戦場のこちら側では突然の静けさがあった。もう自由になったのだ。兵力のかなりを失った隊は安堵《あんど》の長い息をつき、移動を終えるべく集結した。

その最後の移動で、男たちは奇妙な感情を見せるようになった。ぴりぴりした怖れで先を急いだ。最も怖れるべきときにも無口で動じなかった何人かの兵士たちが、いまや隠しようのない不安に駆り立てられて躍起になっている。ひょっとすると、しかるべき戦死の瞬間が過ぎ去ったあとになって、どうでもいい死に方をしてしまうことを怖れていたのかもしれない。あるいは、安全な場所まであと少しというところで死ぬなんてあんまりだと思っていたのかもしれない。うろたえた顔で後ろを振り返りつつ、兵士たちは急いだ。

元の隊列に近づいてくると、木陰で横になって休んでいた、やつれ気味で日焼けした顔の連隊の古参兵たちが冷やかしてきた。質問が飛んできた。

「おいおい、どこ行ってた？」

「何しに戻ってきたんだ？」

「あっちにいればよかったのにな」

「なあ、あっちは暖かかったか？」

「坊やたちはもうお家《うち》に帰るか？」

ひとりは大声で物真似をして嘲《あざけ》ってきた。「母さん、ほら兵士たちだよ、早く来てよ！」

攻撃を受けて傷ついていた連隊はそれには答えなかったが、かかってこいと言い放つ男がひとりいて、赤ひげの士官はその連隊の長身の隊長のすぐ近くを歩き、向こう見ずな闘士のように睨《にら》みつけた。だが、中尉は殴り合いを望む男を押さえ、長身の隊長は赤ひげの虚勢に顔を赤らめ、木のほうをじっと見たままだった。

若者の脆《もろ》い体に、そうした言葉は深く突き刺さった。冷やかしてくる男たちに眉をひそめ、憎しみの目で睨んだ。復讐してやろう、といくつかの案をじっくり考えた。それでも、連隊の多くは罪人のように首を垂れていたため、兵士たちは突然、自分たちの名誉を納めた棺《ひつぎ》を背負って腰を曲げているかのような重い足取りになった。若い中尉はまた冷静さを取り戻し、こっそりと黒く苦々しい悪態をついていた。

元の配置に戻ると、彼らは振り返り、自分たちが突撃した土地を見つめた。

あらためて眺めた若者は愕然《がくぜん》とした。連隊が進んだ距離は、心のなかでは輝かしい長さに思えていたのだが、見てみればばかばかしいほど短かった。あれほどの出来事があった、ぼんやりとした木々は、ほんのすぐ近くにある。今になってみれば時間もさして経《た》っていない。ほんのわずかなすきまに、どれほどの感情と出来事が詰め込まれていたことか。ちっぽけな思いがすべてを大げさにしてしまったにちがいない。

そんなわけで、やつれて日焼けした古参兵たちの言葉は、苦々しくはあっても正当なものだと思えてしまった。地面に散らばり、埃に喉を詰まらせ、汗で赤くなり、目もかすんでいるぼさぼさの仲間たちに向ける軽蔑の眼差しを、どうにか隠した。

仲間たちは水筒をがぶ飲みし、水の一滴たりとも逃すまいと躍起になり、それから、腫《は》れた汗まみれの顔をコートの裾や草の束でごしごしとこすっていた。

とはいえ、突撃中の自分の奮闘ぶりを思い返すと、若者はかなりいい気分になった。それまでは自画自賛できるようなことなどないに等しかったので、自分の行いを静かに考えてみると大きな満足感があった。無我夢中で気がつかないうちに脳裏に焼きついていた騒乱の色あざやかな細部を思い出した。

強烈な突撃を終えた連隊が横たわってぜいぜいと息をついていると、彼らをラバ追いと呼んだ上級士官が、隊列沿いに馬を全速で走らせてやってきた。軍帽がなくなっていた。乱れた髪が大きく揺れ、顔は悔しさと怒りでどす黒くなっている。馬を操る手さばきが、その気分をはっきりと物語っていた。馬勒《ばろく》を手荒く引き、ひねり、連隊の大佐の近くでその息の荒い馬を止めた。そしてすぐに大声で叱り飛ばし始めたので、聞きたくなくても兵士たちの耳にその言葉が届いた。士官たちのあいだで非難の応酬があるとなればいつでも知りたがる彼らは、さっと聞き耳を立てた。

「マッケズニー！ このざまはどうしたんだ！」と士官は言い始めた。声を抑えようとしたが、その非難の口ぶりは兵士たちにもしっかりと伝わった。「なんたるざま！ まったく、あと三十メートルで作戦成功というところで止まるとは！ お前の兵士たちがあと三十メートル進んでいれば見事な突撃になったろうに、これでは……お前の隊はどぶ掘りしかできないのか！」

息をひそめ、耳を澄ませていた兵士たちは、さてどうなるかと大佐に目を向けた。野次馬のような興味が湧いてきたのだ。

すると大佐は背筋を伸ばし、演説するように片手を前に出した。その傷ついた雰囲気は、盗みの疑いをかけられた助祭のようだった。兵士たちはすっかり興奮して体をよじった。

ところが、大佐は助祭からあっさりと卑屈になった。「ですが将軍、我々は行けるところまでは行きました」と、落ち着いた口調で言った。

「行けるところまで？　本当にそうか？」と将軍は鼻を鳴らした。「まあ、それほど遠くまでは行けなかったわけだな」と付け加えると、冷たい軽蔑の眼差《まなざ》しを大佐に向けた。「さして遠くではないな。お前はホワイターサイドのためのおとりになるはずだった。どれくらいうまくいったのか、自分の耳で確かめろ」。彼は馬の向きをぐるりと変え、よそよそしく立ち去った。

そう言われ、左手の森で交戦する軋《きし》むような音を耳にした大佐は、誰にともなく罵《ののし》り始めた。

怒りのやり場がない様子でそのやり取りを聞いていた中尉は、気落ちしたところのない口調で口を開いた。「相手が将軍だろうが誰だろうが構やしない。こいつらがちゃんと戦わなかったって言うんなら、そいつはばか野郎だ」

「中尉」厳しい口調で大佐は言った。「これは私の問題だ。だからわざわざ――」

中尉はおとなしい身振りになった。「分かりましたよ、大佐、分かりました」。そう言うと、満足げに腰を下ろした。

連隊が叱責を受けた。その知らせは戦列に伝わっていく。しばらく、男たちはそれに戸惑った。「何だよ!」と、消えていく将軍の姿を見つめながら彼らは叫んだ。ひどい誤解だと思った。

しかしすぐ、自分たちの苦闘をないがしろにされたのだという思いが強くなった。若者にもそれは分かった。その思いが連隊の上にのしかかり、男たちは叩かれて罵られてもまだ牙をむく獣のようになっている。

不満の色を目に浮かべた戦友が、若者に近づいてきた。「あいつは何がしたいんだよ」と言った。「おれたちがのんびりお遊びでもしに行ったたって調子じゃないか。そんなやつはいないぞ！」

いらだつときに心を落ち着かせるすべを、若者は心得ていた。「あのな」と答えた。「あいつはたぶん何も見てないのにかんかんになって、望みどおりの結果を出せなかったからって、おれたちなんか羊の群れだって決めつけたわけだ。ヘンダーソンの爺さんが昨日やられちまったのは残念だよ。あいつなら、おれたちが全力を出してちゃんと戦ったって分かったのに。ただ、運が全然なかっただけさ」

「そうだろうな」と戦友は言った。いわれのない非難に深く傷ついているようだった。「そりゃもちろん、おれたちの運は最悪だったさ！　何やったってうまくできないのに、みんなのために戦うなんて面白くもなんともない。おれさ、次はここにいて、あいつらが突撃して思い知ればいいのにって思ってる」

若者はなだめるような声になった。「なあ、おれたちふたりとも頑張ったよ。死ぬ気でやってないなんて言うばかがいたらお目にかかりたいな」

「もちろん死ぬ気でやったさ」戦友は断固とした口調で言った。「そんなことを言うやつは、教会くらいでかいやつだって首をへし折ってやる。でもとにかく、おれたちは大丈夫さ。連隊でもおれたちふたりの活躍が一番だったたって言ってるやつがいて、みんなで散々議論してるのを聞いたからな。そりゃ別のやつはさ、そんなの嘘だって食ってかかった。自分は最初から最後までばっちり見てたけど、おれたちなんて見かけなかったってな。そしたら次から次に、いや嘘じゃないぞって声が上がったんだ。すごい戦いぶりだったんだって言って、ちゃんと後押ししてくれる。でもさ、こそこそ言って笑ってるしつこい年寄りの兵士たちには我慢ならねえし、そこにあの将軍だろ。あいつ狂ってる」

若者はいきなりいらだって叫んだ。「あいつは能なしだ！　まったく頭にくるよ。次また来るってんなら、そのときはおれたちが――」

その言葉は途切れた。兵士が何人か、急いでやって来たのだ。重大な知らせがあるという顔だった。

「フレミング、聞いてほしかったぜ！」ひとりが熱のこもった声で言った。

「聞いてほしかったって何を？」

「すごい話なんだって！」と言うと、その男は知らせを伝える体勢になった。ほかの兵士たちは興奮した輪を作った。「いいか、おれたちのすぐそばで、大佐がお前のとこの中尉に会ったんだ。あんな話聞いたのは初めてだよ。それで言うにはさ、『ほほう！　ほほう！』とさ。『ハスブルック中尉よ！』と言って、こう続けたんだ。『ところで、軍旗を持っていたあの若者は誰かな？』とさ。なあフレミング、どう思う？『軍旗を持っていたあの若者は誰だ？』だぜ。すると中尉が即答したわけよ。『あれはフレミングです。最高の兵士ですよ』って言ったんだ。何だって？　言ったとも。『最高の兵士です』って言ってた。そうさ。言ってたって。お前のほうがうまく話せるってんならお前がやれよ。よし、いいか、黙っとけ。中尉は『最高の兵士です』って言って、そしたら大佐は『ほほう！　ほほう！　それは頼もしい男だな！　軍旗を前方でずっと持っていたな。私も見た。いい兵士だ』と大佐は言った。『そうですとも』と中尉は言ったよ。『その彼と、ウィルソンという兵士ふたりが突撃の先頭にいて、インディアンみたいにずっと怒鳴っていました』。いいか、『ずっと突撃の先頭にいて』だぞ。『ウィルソンという兵士』ってな。なあウィルソン、そいつを手紙に書いて母さんに送ってやれよな。『ウィルソンという兵士』だぞ。すると大佐が言うには、『そのふたりが？　ほほう！　ほほう！　素晴らしい！』とさ。『連隊の先頭で？』と言うから、中尉が『そうです』って言った。『素晴らしい！』と大佐は言って『なんともなんとも、そのふたりは少将になるべきだな』と。『少将になるべきだ』だぜ」

若者と戦友は、「へえ！」と言ったり、「トンプソン、そりゃ嘘だろ！」や「いいかげんにしろって」と言ったり、「そんなこと言うわけないだろ！」や「大嘘だ！」や「へえ！」と言ったりして口を挟んでいた。だが、そうした幼稚な嘲りや気後れを口にしていても、自分たちの顔が喜びの興奮ですっかり火照《ほて》っていることには気がついていた。秘《ひそ》かに、喜びと祝福の視線を交わし合っていた。

あっというまに、ふたりはほかのことを忘れてしまった。過去の間違いや失望の光景は消え失せた。すっかり幸せな気分になり、ふたりの心は大佐と若い中尉への感謝で膨らんだ。

第22章

森がまたもや黒い敵軍の塊を吐き出してきたとき、若者は落ち着いた自信を感じた。長く甲高《かんだか》い音とともに砲弾が次から次へと頭上に投げつけられ、男たちがひるんで頭を引っ込めるのを見て、少し微笑《ほほえ》みさえした。彼は落ち着き払って立ち、近くの丘の側面沿いに青く延びる戦列に対して仕掛けられる攻撃を眺めた。仲間たちのライフルから上がる硝煙に視界を遮られることなく、激しい戦闘のあちこちを見ることができる。耳に鳴り響いている轟音がどこから出ているのかがようやく分かって安心した。

少し離れたところで、ふたつの連隊がそれぞれ敵の連隊と戦っている。その開けた場所は、ロープを張ったボクシングのリングのようだった。金を賭けているような勢いで、猛烈な打撃を与え合っている。信じられないほどの激しさと速さで銃撃していた。そこにいて夢中になっている連隊はどれも、戦争のより大きな目的には構いもせず、これは一対一の試合だと言わんばかりに殴り合っている。

別の方角を見てみると、堂々たる旅団が、どうやら森から敵を駆逐しようと進んでいく。彼らの姿が森に入って見えなくなるとすぐ、恐れをなすほどけたたましい音が森に響いた。言い表しようのないほどの音だった。その桁外れの騒ぎを引き起こし、そしてどうやら桁が外れすぎていると思った旅団は、しばらくすると軽快な足取りで森から出てきた。隊列はまったく乱れず、急ぐ気配はまったくない。潑剌《はつらつ》としていて、わめき散らす森を自慢げに差しているように思えた。

左のほうの斜面では、ずらりと並んだ大砲がつっけんどんな怒りの声を上げ、森のいたるところで集結して容赦なく単調な攻撃にかかろうとする敵を非難していた。味方から吐き出される丸く赤い砲弾は、深紅の火炎と高く分厚い煙を吐き出した。ときおり、懸命に動く砲兵たちの姿がちらりと見えた。その砲列の後ろには、炸裂する砲弾のさなかでも落ち着いた様子の一軒の白い家があった。長い手すりにつながれている馬の群れは、狂ったように馬勒《ばろく》を引っ張っている。兵士たちが四方八方に走っていく。

四つの連隊による対決はしばらく続いていた。邪魔が入ることもなく、自分たちで決着をつけた。数分間、猛烈な力で互いを攻撃すると、薄い色の連隊がよろめいて下がり、青色の戦列が雄叫《おたけ》びを上げる。残っている煙のなかでふたつの軍旗が笑いに揺れている。

すぐに、物言いたげな静寂があった。青色の戦列は動き、わずかに形を変えると、前にある静かな森と野原を今か今かと見守る。教会のような荘厳な静けさだったが、遠くの砲兵隊だけは静かにしていられないらしく、地面にかすかな轟音を送ってきた。人の話を聞くことができない男の子たちが立てるような、いらだたしい音だ。そのせいで、せっかく耳を澄ましているのに新たな戦闘の最初の言葉を聞き逃してしまう、と男たちは思った。

出し抜けに、斜面にある大砲が吠えて警告を発した。森で早口の音が鳴り始めた。その音はあっという間に大きくなり、大地を巻き込むほど深い騒音になった。割れるような音が隊列を襲い、ついには、いつ果てるともしれない轟音になる。そのただなかにいる者からすれば、宇宙に響き渡る音だった。巨大な機械が高速回転したりピストン運動をしたりして、より小さな星々のあいだで争いが起きている。若者の耳は限界だった。それ以上は聞こえなかった。

道が一本曲がりくねっている傾斜では、兵士たちが必死の勢いで前進しては後退する動きを延々と繰り返している。向かい合う軍のその一角はふたつの長い波のようで、決められた箇所で狂ったように互いの上に襲いかかっている。波は前後に膨らむ。ときおり、片方から雄叫びと歓声が上がり、決定的な一撃を与えたと宣言するが、少しするともう一方も雄叫びと歓声に包まれる。一度、明るい色の人影のしぶきが犬のような早足で動き、うねる青い隊列に飛び込んでいくのが見えた。かなりの怒号が上がり、そのしぶきは捕虜をしっかりとくわえてすぐに離れていった。またもや、青い波がものすごい勢いで灰色の障害物にぶつかっていき、大地から灰色を一掃して踏みにじった芝地しか残さないかのように思えた。そして決死の勢いで突進して退く男たちは、狂ったような金切り声と怒声をずっと発していた。

柵や木立の後ろといった安全な場所をめぐり、黄金の玉座や真珠の寝台を奪い合うような争いが起きていた。そうした場所にはつねに人が殺到してくるように思えたし、そのほとんどは、争うふたつの軍のあいだを軽い玩具のように行ったり来たりした。軍旗があらゆる方角で深紅の泡のようにはためくのを見ても、どちらの色の軍服が優勢なのかは分からなかった。

そのときが来ると、若者のやつれた連隊は、前と変わらない荒々しさで突進した。またもや銃弾を浴び、兵士たちは怒りと痛みの野蛮な叫び声を上げた。突き出した銃の撃鉄の後ろで強い憎しみをもって頭を下げる。槊杖《さくじょう》の音をやかましく立てながら、彼らは必死で弾薬筒をライフルの銃身に詰め込む。連隊の前方は煙の壁になっていて、黄と赤の閃光の点がそれを貫いてくる。

戦闘のなかをもがきつつ進んでいくと、あっという間に彼らの体はまた汚れてしまった。前よりもひどく染みと泥にまみれた。力を振り絞ってあちこちを動き、そのあいだも早口で話している彼らは、揺れる体や黒い顔、輝く目もあいまって、煙のなかで重々しくジグを踊る不恰好な悪鬼のようだった。

包帯を当ててから部隊に戻ってきた中尉は、心に秘めた容れ物《い》から、その緊急事態にぴったりの新しく尊大な罵《のの》り言葉を発した。それを次から次に、鞭《むち》のように部下たちの背中に浴びせる様子からは、どれだけ口にしても罵声の蓄えは無尽蔵だということが分かった。

まだ軍旗を任されていた若者は、自分が怠けているとは思わなかった。見物人としてすっかり引き込まれていた。ぶつかっては押し合うその劇的な光景に魅入られ、前のめりになって、顔をわずかに歪《ゆが》ませていた。ときおり他愛もないことをべらべらと喋《しゃべ》り、言葉は気がつかないうちに醜い叫びとなって口から出ていた。自分が息をしていることも、旗がひっそりと体に寄りかかっていることも忘れている。それほど没頭していた。

恐るべき敵の隊列が、危険な距離にまで入っていた。はっきりと姿が見えた。長身で、やつれ、興奮した顔の男たちが大股で走り、くねくねと延びる柵を目指している。

その危険を目にするとすぐ、兵士たちは一本調子で罵ることをやめた。一瞬の張り詰めた沈黙のあと、ライフルをさっと上げ、容赦ない一斉射撃を敵に浴びせた。命令が出ていたわけではない。危険を感じた男たちは、指令の言葉を待つことなく銃弾を雨あられと放った。

だがまもなく、敵は柵を奪い取った。驚くほど素早く柵の後ろに回ると、そこから青服の兵士たちを切り崩しにかかる。

青服の兵士たちは激戦に備えて身を引き締めた。薄黒い顔から、食いしばった白い歯があちこちで覗《のぞ》いている。無数の頭が煙の白い海に浮かび、あちこちに突っ走っていく。柵の後ろにいる敵の兵士たちはしじゅう声を張り上げ、こちらを嘲《あざけ》ったりばかにしたりしていたが、連隊は沈黙を守っていた。ひょっとすると、この新たな攻勢を受け、どぶ掘りしかできないと言われたことを思い出し、そのせいで状況が三倍も苦々しく思えたのかもしれない。何としてでも踏みとどまり、狂喜する敵の部隊を押し返すつもりだった。彼らは素早い動きで戦い、顔には決死の覚悟が表れていた。

何があろうと屈するものか。若者はそう決意していた。心に深々と突き刺さった何本もの軽蔑の矢が、言葉にできないほどの奇妙な憎しみを生み出していた。完璧で決定的な復讐ができるとすれば、引き裂かれて蠟燭《ろうそく》の蠟のように血を流して戦場に横たわる自分の死体によってだろう。それが、「ラバ追い」だの「どぶ掘り」だのと言ってきた上級士官へのとっておきの仕返しになるはずだ。というのも、自分の苦しみや動揺の原因となるものを探し出そうとするといつも、自分にふさわしくない呼び名をつけたその男のことばかり思い浮かぶからだ。そして、漠然とではあるが、自分の亡《なき》骸《がら》はさぞかし痛快な非難になるだろうと考えた。

連隊からは派手に血が流れていた。うなり声を上げる青服の塊が、次々に倒れていく。連隊の伝令軍曹は両頰を撃ち抜かれた。支えをふたつとも失った顎《あご》はかなり下に垂れ、ぽっかりと開いた口からは脈打ち流れる血と歯が見えていた。それにもかかわらず、彼はどうにか叫び声を上げようとした。背筋が凍るほど真剣に努力していて、一度でいいから叫べたら回復すると思っているようだった。

若者が見ていると、軍曹はすぐに後方に戻った。体力は少しも落ちていないようだ。早足で動き、救援を求めて血眼《ちまなこ》になっていた。

ほかの兵士たちも、仲間の足元で倒れていく。なかには這《は》って離れていく負傷兵もいたが、ほとんどは横たわったまま動かず、体はありえない形にねじれていた。

若者は戦友の姿を探してみた。火薬の粉にまみれて汚れ、怒りに燃えた若い男、あれにちがいない。中尉も、無事で後ろに陣取っている。まだ罵り続けていたが、悪態の入った箱もこれで最後だという雰囲気だった。

連隊の銃撃は勢いを失い始めていた。薄い隊列から奇妙に響いていた粗野な声は、一気に弱くなってきていた。

第23章

隊列の後ろを大佐が走ってきた。ほかの士官たちも引き連れている。「やつらに突撃をかけねば!」と彼らは叫んだ。「突撃するぞ!」と憤ったように言う声は、兵士たちがそれに対して反旗を翻すと思っているかのようだった。

その大声を耳にした若者は、敵までどれくらいの距離があるのかを測り始めた。大まかに計算した。腹の据わった兵士であるためには、前に進まねばならない。今の場所に留《とど》まっても死ぬだけだし、どう考えても、後ろに退けばまわりの兵士たちが大喜びするだけだ。希望があるとすれば、いらだたしい敵をあの柵から追い払うことだ。

疲れきって体もこわばった仲間たちは、むりやり追い立てないと突撃したがらないだろうと若者は思っていた。ところが、彼らのほうを向いてみると、そろって心から賛同する表情をすぐに浮かべている。銃剣の柄《つか》がライフルの銃身に取り付けられる音が、突撃への序曲を奏でる。怒鳴り声で命令が下ると、兵士たちは力強く飛び出していく。連隊の動きには新しく思いがけない力があった。疲れきった状態を知っていただけに、その突撃は、わずかに残った力を出し尽くす最後の発作のようにも見えた。男たちは熱で正気を失ったように疾走し、高ぶる気持ちが血から消えてしまう前に一気に勝利を収めてしまおうという調子で足を動かしている。抜けるような青空の下、埃《ほこり》まみれでぼろぼろになった青い軍服の男たちが、緑の草地をやみくもに突進していき、煙のなかでぼんやりと浮かんで銃撃の盾になっている柵を目指していく。

若者は隊の前方で色あざやかな軍旗を持っていた。空いたほうの手を猛然と振り回しながら、鋭い声で狂ったように呼びかけ、訴え、兵士たちを鼓舞するが、そうする必要もなかった。危険なライフルの塊にぶつかっていこうとする彼らは、自分のことなど考えもしない熱狂にふたたび突き動かされていたからだ。彼らに向けて放たれた多くの銃弾からすれば、元いた場所と柵のあいだの草地に死体をまき散らしただけにも見える。だが、自分の身を案ずる心など捨て去ったせいか、彼らは狂乱状態にあり、その無謀さは荘厳なほどだった。素朴な疑問も、計算も、図式もない。どうやら、抜け道など考えていない。彼らは欲望という翼をはためかせ、不可能という名の鉄の門に当たって砕けようとしている。

野蛮な信仰のような、命知らずの狂った精神は、若者にもあった。おれはどんな大きな犠牲を払うことも、すさまじい死を迎えることもできる。じっくり吟味する余裕はなかったが、自分にとっては敵の銃弾など、目指す場所にたどり着くのを阻もうとする物体でしかないことは分かった。そうした境地に達したことで、言葉にならない喜びが何度も体を貫いた。

力を振り絞った。思考も筋肉も張り詰めたせいで、視界が揺さぶられて目眩《めまい》がした。小さなナイフのような銃火が切り裂く煙の靄《もや》しか見えなかったが、かつての農家の古い柵がそのなかにあり、身を寄せ合う灰色の軍服の男たちを守っていることは分かった。

走っていくと、激突の衝撃はどれくらいだろうという思いが頭をよぎった。ふたつの軍隊がぶつかり合えば、強烈な衝撃になるだろう。それが、彼の荒々しい戦闘の狂気を後押しした。まわりの軍隊が前に向かっていく勢いを感じ、そして思い描く。雷のような大いなる一撃が抵抗をねじ伏せ、何キロ四方にもわたってみんな驚愕するだろう。疾駆する連隊は、投石機の一撃のように作用するはずだ。その夢が、彼の足をさらに速めた。まわりにいる仲間たちは、声をかぎりに半狂乱のしわがれた叫びを上げていた。

とはいえ、灰色の兵士たちも黙って打撃を受けるつもりはないようだ。硝煙が流れると、顔を向けたまま逃げていく男たちの姿が見えてきた。それが集団になり、しぶとく抵抗しながら退却していく。しばしば、兵士たちはくるりと振り返ると、青い波に向かって銃弾を放った。

だが、戦列のなかで一か所、何があろうと動こうとしない集団がいた。柵の太い柱と横棒の後ろにしっかりと陣取ったままだった。旗が頭上に荒々しく翻り、ライフルは猛然とけたたましい音を立てていた。

青い兵士たちの渦はかなり近づき、恐ろしい接近戦になるかと思えた。小さな集団の抵抗ぶりからは軽蔑の念が見え、そのせいで青服の男たちの雄叫《おたけ》びはちがった意味になった。はっきりと目標のある私怨の声になった。両者の叫び声は、悪意に満ちた中傷の応酬だった。

青服の男たちは歯をむき出し、目を輝かせる。立って抵抗する者たちの喉元につかみかかろうかという勢いで突き進む。ふたつの軍の距離は、あっという間に縮まっていく。

若者は相手の軍旗に狙いを定めていた。それを手に入れられたらさぞかし爽快だろう。血にまみれた肉弾戦を物語るものになるはずだ。任務をここまで苦しいものにする敵を、彼は心の底から憎んだ。彼らのせいで、その軍旗は神話に出てきて誰もが手に入れようとする宝物のように、さまざまな試練や危険な企《たくら》みのなかに掲げられているのだ。

興奮した馬のように、その旗めがけて飛び込んでいく。荒っぽい一撃や向こう見ずな攻撃でそれが手に入るのなら、逃すわけにはいかない。震え、燃え立つ自分の軍旗が、翼のように動いてもうひとつの軍旗を目指す。二羽の鷲《わし》のように、奇妙なくちばしとかぎづめの争いが、今にも始まりそうだ。

青服の兵士たちが固まって作る渦巻きが、破滅的なほどの至近距離でぴたりと止まり、素早く一斉に射撃する。その攻撃によって灰色の集団はばらばらになったが、穴だらけになっても隊はまだ戦っている。青服の男たちはまた雄叫びを上げると突進していく。

駆けていく若者に、靄越しのように様子が見えてくる。四、五人の男たちが地面に長々と伸びているか、空から落ちた雷に打たれたように両膝をついて頭を垂れて体をよじっている。そのあいだをふらふらと、敵軍の旗手が動いていく。先ほどの恐るべき一斉射撃で、銃弾に咬《か》まれて致命傷を負ったのだ。その男は最後の闘いでもがいている。両足を悪霊につかまれた男の闘いだ。ぞっとするような姿だった。顔には死の灰色が浮かんでいるが、必死の決意が暗く刻み込まれてもいる。その思いで歯を食いしばり、大事な軍旗を抱き寄せ、よろめき、ふらつきながら、安全な場所に運んでいこうとしている。

だが、傷のせいで足が言うことを聞かなくなり、男は目に見えない食屍鬼《しょくしき》が足にかぶりついているかのような薄気味悪い闘いを続けている。疾走する青服の隊の先頭を走る者たちは吠えるような歓声を上げ、柵に殺到する。それを振り返る男の目には、敗れた者の絶望が浮かんでいた。

若者の戦友が、よろめいて背を丸めつつ障害物を越え、獲物を狙う豹《ひょう》のように旗に飛びついた。引っ張り、もぎ取ると、赤く輝くその旗を振り上げ、熱狂の声を上げている。そのあいだにも敵の旗手はあえぎ、最後の苦しみに体を傾け、そして痙攣《けいれん》するようにこわばると、死んだ顔を地面に向けた。草むらにはおびただしい血がたまっていた。

勝利したその場で、歓声はさらに騒がしくなった。兵士たちは有頂天で興奮した身振りになり、大声でわめいた。口を開いた彼らは、話の相手が一キロ半も離れたところにいるかのような声を出した。まだ残っていた軍帽を、何度も空高く放り投げた。隊列の一か所で、敵軍の兵士四人が攻撃で捕虜になって座っていた。青服の兵士たちが何人か、輪を作って熱心な目を向けていた。珍しい鳥を罠で捕らえた兵士たちは、じっくりと観察していた。早口の質問が宙を飛んだ。

捕虜のひとりは、片足にある軽い傷をさすっていた。その足を赤ん坊のように抱いていたが、しばしばそこから顔を上げると、びっくりするほどやけっぱちな態度で、自分を捕らえた男たちに正面から悪態をついていた。きさまらなんか地獄の火で焼かれたらいい、と息巻いていた。異教の神々が悪疫をもたらす怒りを呼び覚まそうとしていた。そうするあいだも、戦争の捕虜としてのしかるべき振る舞いにはまったく無頓着だった。それはまるで、愚鈍な男に片足のつま先を踏みつけられ、深い恨みの込もった言葉を浴びせるのが当然だと思っているかのようだった。

別の、かなり年長の兵士は、落ち着いた様子で状況を受け入れていた。青服の男たちと会話をし、鋭い目を光らせてまわりの顔をじっと見ていた。戦闘や情勢のことを話していた。そうして意見を交わす彼らはみな、熱心な顔つきになっている。それまでは手探りで憶測するほかなかったところに、はっきりとした証言が出てきている。そこには大きな満足感があった。

三人目の捕虜は気難しそうな顔で座っていた。平然として、冷たい態度を崩さなかった。何を話しかけられても、答えはいつも「知るかよ！」だった。

四人目はずっと黙っていて、たいていは人が立っていない方角に顔を向けていた。すっかり気落ちしているみたいだな、とその姿を見た若者は思った。情けないと思っているだろうし、もう自分の軍には戻れないのかと思うと、悔やんでも悔やみきれない思いでいるのかもしれない。とはいえ、その兵士の顔からは、失われてしまった自分の未来や、牢獄や空腹や残虐な扱いが頭に浮かんでしまっているような様子はなかった。見えるのは、囚《とら》われの身になったことを恥じ、戦う権利を失ったことを悔やむ気持ちだけだ。

ひとしきり祝うと、兵士たちは古い柵の後ろ、追い払った敵がいたのとは反対側に落ち着いた。何発か、遠くの目印に向けたおざなりな射撃があった。

長い草の茂みがあった。若者はそこに座って休み、ちょうどいいところにあった柵の横棒に軍旗をもたせかけた。有頂天で目を輝かせる戦友は、見せつけるように戦利品の旗を持って彼のところに来た。ふたりは並んで座り、互い を称《たた》え合った。

第24章

長い音の線となって森の表面を走っていた轟《とどろ》きがとぎれとぎれになり、弱まっていく。大砲の騒々しい言葉は遠くの戦場で続いているが、マスケット銃の音はほぼ収まっていた。若者と戦友ははっとして顔を上げた。生活の一部になっていたそれらの音が弱まったことで、押し殺したような苦痛を感じたのだ。軍のなかに変化が生まれるのが分かった。あちこちに向かって軍が進んでいる。砲兵隊がひとつ、のんびりと動いていく。小さな丘の頂《いただき》では、出発する無数のマスケット銃が放つきらめきが分厚くなっている。

若者は立ち上がった。「おいおい、今度はどうなるんだ？」新たな騒音と激突という理不尽さに怒り出しそうな口調だった。汚れた片手を目の上にかざすと、野原を見渡した。

戦友も立ち上がって眺めた。「おれたちも一緒にここを出て、川を渡って戻ることになるかな」

「そうだよな」と若者は言った。

ふたりはしばらく様子を見ていた。すると、来た道を戻れという命令が連隊に下った。兵士たちはぶつぶつ言いながら草地から立ち上がり、穏やかな休息を惜しんだ。こわばる脚を大きく振り、両腕を頭の上に伸ばした。目をこすりながら悪態をつく兵士もいた。全員が「やれやれ！」とうめいた。また戦闘せよと言われるのと同じく、今回の命令に対しても次々に不満の声が上がった。

死に物狂いで走ってきた野原を、彼らはゆっくりと戻っていった。

連隊は行軍していき、仲間たちと合流した。元の編成に戻った旅団は縦隊になり、森を抜けて道路を目指した。じきに、彼らは埃《ほこり》をかぶった軍勢に加わり、先ほどの乱戦で作られた敵軍の戦線に平行になるように歩いていった。

一軒のぼんやりと建つ白い家を通りかかると、その前には友軍の部隊がいくつか、几帳面に作られた胸壁の後ろで伏せて待機していた。一列に並んだ大砲が、遠くの敵に向けて轟音を上げている。それに応える砲弾が、土埃と木の破片を雲のようにもうもうと上げている。騎兵たちが塹壕《ざんごう》に沿って急いで走っていく。

そこまで行軍したところで、旅団は曲がって野原から離れ、川の方角に向かってくねくねと進んでいった。その動きの意味するところをのみ込むと、若者は振り返り、踏みにじられて瓦礫だらけの地面を肩越しに見た。あらためて満足げに息をついた。ようやく、戦友をつついた。「なあ、終わったんだな」と声をかけた。

戦友も後ろを見た。「そうだな、終わったな」と彼も言った。ふたりでもの思いにふけった。

しばらく、若者は戸惑いつつ考えることになった。頭のなかでは微妙な変化が生じていた。戦闘に次ぐ戦闘という道から思考が離れ、いつもの道筋に戻るには、少し時間がかかるものだ。しだいに、充満する雲から頭が抜け出し、ようやく自分とまわりの状況が見えてくるようになった。

そのとき、彼は悟った。銃弾の応酬はもう過去のものだ。悲鳴に満ちた奇妙な動乱の地からは抜け出した。血の赤、激情の黒が支配する土地にいたが、そこを逃れた。まずは、そのことにうっとりとなった。

そのあと、自分の行動、失敗、成し遂げたことをひとつひとつ考え始めた。いつものようにしっかりと頭を働かせられなかった場面、羊のように臆病に振る舞った場面から出てきたばかりで、自分の行動のすべてをどうにか並べてみようとした。

ついに、すべてが目の前をはっきりと行進するようになった。今の場所からは、観客のようにそれらを眺め、ああすべきだったと手厳しく考えることができた。新しい状況によって自分への甘さは消えていた。

行進する記憶を眺めていると、後悔のない明るい気分がこみ上げてきた。その列のなかでも、人目があるところでの行動はひときわ大きく輝いていたからだ。仲間たちが目にした彼の戦いぶりは、紫と金色の服を堂々と着けて練り歩き、さまざまな光を散らしている。音楽とともに、晴れやかに進んでいく。それを眺めていると気持ちも晴れやかになった。金めっきを施した記憶の場面を眺め、しばらく悦《えつ》に入《い》った。

おれは優れた兵士なんだ。仲間たちからかけられた敬意に満ちた言葉を思い出すと、喜びで体が震えた。

それでも、最初の交戦のときに逃げ出したという記憶が亡霊となって眼前に現れ、踊っている。そうしたことを頭のなかで叫びちらす声がする。彼はしばらく赤面し、魂の光は恥によってゆらめいた。

非難の幻影がやってきた。ぼろ服の兵士の記憶が現れ、つきまとう。自分は銃弾に体を貫かれ、血を失いながらも、別の男の存在もしない傷を心配してくれた、あの男。最後の体力と知力を、のっぽの兵士のために使った男。疲れと痛みで何も分からないまま野原に置き去りにされた男。

そのことを誰かに嗅ぎつけられるかもしれないと思うと、一瞬、惨めな冷や汗がどっと吹き出した。その光景をずっと前にしていた彼は、激しいいらだちと苦悩の叫びを吐き出した。

戦友が振り向く。「ヘンリー、どうした?」と尋ねる。若者は深紅の激しい悪態でそれに答えた。

枝が差しかかる小さな道路を、ぺちゃくちゃ喋《しゃべ》る仲間たちと歩いていくときも、その残虐な行為が上から覆いかぶさってくる。いつも近くにぶら下がり、紫と金色に飾られた武勲の光景を暗くしてしまう。どこに思いを向けても、戦場での逃走という陰気な影がついてくる。追われているのが顔に出ていて、きっと見抜かれているだろう。彼は仲間たちをこっそりとうかがった。だが、彼らは乱れ気味の隊列でとぼとぼと歩いているだけで、前の戦闘の成果を早口で話し合っていた。

「誰かがおれんとこに訊《き》きに来たら、こっぴどく負けたよって言うね」

「負けたって？　よく言うよ！　おれたち負けてなんていないって。いつもみたいにここを進んでいってぐるりと曲がって、敵の後ろを取るんだろ」

「おい黙れって。後ろを取るなんてたいがいにしろ。おれはもうお見通しなんだ。後ろを取るなんて話はもう——」

「ビル・スミザースはさ、あんな病院にいるくらいなら戦闘を千回やるほうがましだってさ。病院じゃ夜に銃撃されるわ、砲弾もばっちり食らうわ、大変なんだと。あんな叫び声は聞いたこともねえって」

「ハスブルック？　あいつはこの連隊でぴかいちの士官だ。圧倒的だよ」

「あいつらの後ろを取るんだって言っただろ？　言ったよな？　おれたちさ——」

「おい、黙れって！」

ぼろ服の兵士の記憶にしばらく追いかけられ、若者の体からはあらゆる高揚感が消え失せた。自分の過ちをまざまざと見せつけられ、それが死ぬまで目の前に立ちはだかるのではないかと不安になった。仲間たちのお喋りにはまったく加わらなかったし、彼らのほうを見ることもなかった。自分の思いを見透かされていて、ぼろ服の兵士といたときのことを隅々まで探られているのではないかと唐突に思ったときを除けば、いっさい相手にしなかった。

だが、しだいにその罪を押しやるだけの力が湧いてきた。そしてついに、新たな道に目が開かれたように思った。最初のころに発した大言壮語を振り返り、素直にそれと向き合うことができているのだ。今ではそれを蔑む気持ちがあることに、彼は上機嫌になった。

その確信とともに安心感がみなぎってくる。出しゃばりはせず、しかしたくましい、そんな静かな男らしさを感じた。たとえどこを指されて連れていかれたとしても、もう怖気《おじけ》づくことはない。おれは大いなる死に触れに行き、それがただの大いなる死なのだと知った。おれはもう立派な男なのだ。

そうして、血と憤怒の地からとぼとぼと歩いていくと、彼の魂は別のものになった。熱い剣の交わりから、穏やかなクローバーが待つところにやってきた。すると、熱い剣など存在しなかったかのようだった。傷は花のように消えていった。

雨が降り出す。ぐったりしながら行進する兵士たちは、ずぶ濡れの行列となった。肩を落としてぶつぶつ呟《つぶや》き、低く惨めな空の下、泥水の入った溝をかき回すようにして進んでいく。それでも、若者の顔には笑みがあった。多くの者にとっては、世界は罵声と杖でできているとしても、彼にとって、世界とはひとつの世界でしかなかったからだ。戦闘という真っ赤な病から離れることができた。忌まわしい悪夢は過去のものだ。それまでの彼は、戦争の熱と痛みに肌を焼かれて汗をかく獣だった。今は、穏やかな空や青々とした牧草地、冷たい小川、すなわち穏やかな永遠の平和という人生に思いを馳《は》せて焦がれる恋人になっている。

空に垂れ込めた鉛色の雨雲を貫き、川の上に金色の日光が射《さ》し込んできた。

解説

藤井 光

作家になるまでの歩み

本書『勇気の赤い勲章』は、アメリカの作家スティーヴン・クレインが一八九五年に発表した小説 *The Red Badge of Courage* の全訳である。クレインにとっては、一八九三年発表の『マギー 街の女』に続く二冊目の長編小説であり、今日まで最も読み継がれて高い評価を保ち続けている、彼の代表作である。

一例を挙げるなら、アーネスト・ヘミングウェイは、一九四二年に出版された戦争文学のアンソロジー *Men at War* を編纂する際、『勇気の赤い勲章』の一部を抜粋して掲載しようとしたが、クレインの小説は「偉大な詩のようにすべてが一体となっている」ため、最終的には小説をまるごと掲載する決定を下している。第一次世界大戦後のアメリカ文学を代表する作家から、クレインは最大級の賛辞を贈られたと言っていい。

スティーヴン・クレインは、一八七一年に十四人兄弟姉妹の末っ子としてニュージャージー州ニューアークに誕生した。父親ジョナサン・タウンリー・クレインはメソジストの牧師であり、母親メアリー・ヘレン・ペック・クレインはメソジストの牧師の娘だった。

父方のクレイン一族は現在のニュージャージー州にイギリスから入植した六十五家族の一つであり、クレインの先祖たちはアメリカ独立戦争に参加している。少将や海軍司令官などを輩出した父方の家系を、スティーヴンは誇りに思っており、自身もたびたび戦地を取材するだけでなく、入隊も試み、のちにはアメリカ独立戦争を題材とした小説を書くことも考えるようになった。

母親が四十四歳のときの高齢出産であり、十三人の兄姉のうち五人がすでに世を去っていたということもあり、無事に成長できるかどうかは親の心配の種だった。八人の兄姉がいるとはいえ、一番近い兄ですら八歳年上という家族環境において、クレインは事実上一人っ子として育てられたとされる。二歳のときには五、六音節ある長い単語を書くことができ、三歳で本が読めるようになると、四歳のときにはすでにジェイムズ・フェニモア・クーパー(一七八九—一八五一、『モヒカン族の最後』などがある）の小説を読むようになっていたという。なかでも、母親代わりとなった十五歳年上の姉アグネスは学業優秀であり、幼いスティーヴンに詩や物語を創作するよう励ました。

また、幼少期の多くを過ごしたポート・ジャーヴィスの環境も、のちの作家を育《はぐく》む土壌となったようである。かつてはフロンティア（辺境）に属し、独立戦争のときには戦闘も行われたその地域には、さまざまな伝説やほら話が伝わっており、クレインが短い生涯でアメリカの歴史への変わらぬ興味を持ち続けたことに寄与したのではないかと言われている。

ただし、知的な早熟さが災いしたのか、クレインは学校教育とは最後まで折り合いをつけられなかった。十六歳のとき、神学校で嘘を言ったと教師に咎《とが》められたことに憤り、寄宿舎を飛び出して家に帰ってしまい、それきり学校には戻らなかったというエピソードをはじめとして、いくつか籍を置いた学校での規則になじむことは最後までなく、卒業せずに去ることを繰り返している。

飲酒や喫煙の禁止といった宗教的な教条に反抗し（十代の頃からヘビースモーカーであったことが、のちに肺の病で命を落とす原因になったと言われる）、学校ではしばしば授業をサボる一方で、クレインは文学への興味をしだいに強めていく。ただし、十八歳で入学したラファイエット大学では、英作文の授業を取ったものの、工学の教授が専門的な課題を出したことに反発して「0点」をもらっている。文学的な創作の授業がないという環境に絶望したクレインは、シラキュース大学に転入することになる。シラキュースで自由に授業を選べた彼は歴史と英文学のクラスを専攻するが、教師に対する反抗的な性格は直らず、勉学よりも野球に熱中するようになる。大柄な体格ではなく非力ではあったが、おもに捕手を務め、プロ選手を目指すよう勧められたこともあるほどの腕前だった。

クレインは自分で文章を書く機会を求め、教授の紹介で『ニューヨーク・トリビューン』の特派員として雇われる。シラキュースの街を探索し、売春婦に取材する機会も得た彼は、社会や人生への鋭い観察眼を発揮し、この時期に長編第一作となる『マギー　街の女』の最初の草稿を書いている。一方で、もう教室での勉学に意味はないと感じた彼は、「人間を勉強するほうがはるかに面白い」と言い残し、大学をあとにした。

記者として活動するかたわら、クレインは執筆に打ち込んでいく。とくにマンハッタンの猥雑《わいざつ》なバワリー地区を探索し、『マギー』の細部を完成させていった。本人は知るよしもないが、それは新しいアメリカ文学のかたちを体現する作品だった。小説において「人生」のありのままを見つめようと試みるなかで、彼は「環境」が人間の行動や、ひいては人生そのものを決定していくさまを描き出した。

クレインはアメリカにおける自然主義文学の代表的作家と言われている。

もちろん、ヨーロッパではそれに先立ち、エミール・ゾラを筆頭とする自然主義文学が大きな影響を与えていた。ダーウィンの進化論による、自然とは遺伝や環境の力によって決定されているのであり、人間も例外ではないという同時代の思想が、自然主義の大きな原動力となっている。ゾラはみずからが登場人物たちを描写する手つきを死体を解剖する外科医になぞらえ、文学は社会科学であるとも述べた。

そうした文学の波に動かされ、アメリカ合衆国においては、フランク・ノリスやジャック・ロンドン、セオドア・ドライサーといった作家たちが、似た視点から物語を次々に構築していく。もっとも、ダーウィニズムは遺伝と環境を強調したが、アメリカでは「環境」を重視する文学が発展していくことになる。その際に、ジャーナリズムに従事し、貧困にあえぐ人々を描写する経験が、ノリスやロンドンの作家としての出発点となった。そうした流れの先陣を切る恰好になったのが、クレインの小説だった。

アメリカでのクレインは、作家同士の交友関係とはほぼ無縁だった。加えて、ゾラやギュスターヴ・フローベール、イワン・ツルゲーネフなど、ヨーロッパで自然主義を牽引した作家たちの作品をクレインがどれほど読んでいたのかは不明のままである。ただし、人間の行動やそれを取り巻く社会を科学的な厳密さでもって観察するという『マギー』でのクレインの姿勢は、まぎれもなく自然主義作家のものである。

『マギー』は、ニューヨークのバワリー地区で荒れた家庭に育ち、周囲に翻弄されて転落していく若い女性の悲劇的な運命を透徹した視線で描く小説である。冷静な観察眼を崩さないクレインの筆致は、道徳を説くことなく、感傷の入る余地を許さない。その特性ゆえに、同書はなかなか出版先を見つけることができず、やむなく彼は自費出版に踏み切る。主題や作風からして波紋を呼びそうな小説の発表で家族を巻き込むことを避けるため、いかにも平凡な名前として選んだジョンストン・スミス名義での出版だった。二十一歳でのデビューである。

この出版をきっかけにして、クレインは文学的名声を誇った作家・批評家のウィリアム・ディーン・ハウエルズの知己を得、作家としての今後に大きく弾みをつけることになる。とはいえ、『マギー』の売り上げのほうは期待をはるかに裏切る不調ぶりであり、出版にあたっては相場より高い印刷代をふっかけられていたクレインは、その後しばらくは貧窮を余儀なくされる。『勇気の赤い勲章』は、そのさなかに書き進められた。

一八九三年のある日、友人と過ごしていたとき、雑誌に掲載されていた戦争の物語を読んだクレインは、その雑誌を放り投げると、「自分ならもっといいものを書ける」と豪語した。「じゃあ書いてみたらどうだい」とその友人に言われたことをきっかけに、『勇気の赤い勲章』は生まれたとされる。環境によって人間の行動が決定されていくさまを描き出す『マギー』を引き継ぎ、今度は戦場という環境が選ばれることになった。

『勇気の赤い勲章』について

本作の舞台となるのは、南北戦争の激戦地である。戦争の英雄物語に憧れてニューヨーク州の田舎から北軍に入隊した「若者」ことヘンリー・フレミングは、同じく新れ入兵たちからなる連隊とともに行動し、宿営地での無為な日常を経て、ついに生まれて初めての戦闘を目《ま》の当たりにする。突撃してくる敵軍との対峙《たいじ》、死者との出会いなど、数日間に凝縮された出来事を通じて、個人の心理と行動を規定し、ときには噛み砕いてしまう戦争という環境を探求するのが、この小説の意義だといえるだろう。

人間の心理に対する透徹した視線と、描写の生々しさと共存する幻想性、そして卓抜な比喩など、出版から百年以上を挟んだ現在においても、この小説がまったく古さを感じさせないことには、改めて驚かされる。逆に考えれば、後述するように、二十世紀の大半を通じて、さらには今世紀に至るまでのアメリカ文学における戦争小説のひとつの「型」は、クレインのこの小説によって完成したのだとも言える。

作者クレインは、軍人を多く輩出した一家の生まれでもあり、軍隊や戦争に対する興味は強かったとされる。ただし、彼自身は南北戦争が終結した後に生まれており、また、『勇気の赤い勲章』執筆時には実際の従軍の経験はなかった（のちに海軍に志願するも不合格になり、特派員として戦地に赴いてさまざまな任務を引き受けたことが知られている）。それに加えて、小説中には土地や日時についての具体的な情報はほぼ皆無である。固有名詞としては「ラパハノック川」が一度登場するのみであり、クレインは大掛かりな作戦の全容や指導者層の視点を徹底して排し、主人公ヘンリーという兵士に視点を限定した物語を構築している。

ただし、のちにクレイン自身が執筆した短編「退役兵」では、後年のヘンリー・フレミングが再登場し、「あれはチャンセラーズヴィルでのことだった」と語っていることもあり、一八六三年五月二日から三日にかけて行われた「チャンセラーズヴィルの戦い」が『勇気の赤い勲章』の舞台であることに疑いの余地はない。ヴァージニア州北部、ラパハノック川沿いの同地にて、ジョゼフ・フッカー将軍が率いる北軍十三万人が、ロバート・リー将軍指揮下の南軍六万人と相見《まみ》えた激戦である。小説内で主人公ヘンリーが目撃した他の部隊の動きの描写などから、主人公ヘンリーの連隊は第二兵団の一部であり、北軍前線の中央部に配置されていたことも特定されている。

チャンセラーズヴィルの戦いの半年前、一八六二年十二月にはフレデリックスバーグの戦いがあり、アメリカ連合国（南部）の首都リッチモンドを目指した北軍は手痛い敗北を喫していた。チャンセラーズヴィルの戦いにおいても、兵力では圧倒的に北軍が有利であったが、北軍の作戦実行の拙《つたな》さと、南軍を率いるリー将軍の臨機応変な戦いぶりにより、北軍は敗北を喫した。両軍合わせて三万人を超える戦死者を出した大規模な会戦ではあったが、それでも南北戦争の趨勢は決まらず、続いての大規模な戦闘である二か月後のゲティスバーグの戦いを待つことになる。

ヘンリーが加入するニューヨーク第三〇四連隊は架空の部隊であるが、おそらくは、クレインが育ったニューヨーク州ポート・ジャーヴィスで結成された連隊をモデルにしており、作者自身も、その連隊で従軍していた退役兵から戦争の体験談を聞く機会があっただろうと推察されている。加えて、クレインが本書の執筆を開始した一八九〇年代前半は、元兵士たちの個人的な体験談を含むさまざまな記録資料が豊富に揃っていた時期でもあった。一八八四年から一八八七年にかけて雑誌 *Century Magazine* に連載された「南北戦争の戦いと指導者たち」(Battles and Leaders of the Civil War) には、クレインも目を通していた。ただし、そうした記事には兵士たちの個人的な心理描写が欠けていることに、この作家は気づく。それをみずからの小説で掘り下げるべく、退役兵の体験談のみならず、自身のスポーツでの経験も動員することで、クレインは戦場の様子と兵士の心理を鮮やかに描き出してみせた。

そうした歴史的な事実を綿密に調査する一方で、クレインはそれを具体的に描くことをせず、ひとりの兵士の視点に語りを限定することによって、小説を生々しい擬似体験の場に変えてみせたのだと言っていい。十九世紀後半の、南北戦争を主題とするアメリカの戦争文学が、アンブローズ・ビアスという例外を除き、勇ましい英雄物語やロマンスの枠組みから逃れられなかったのに対し、クレインの本作は、ごく平凡な兵士個人の経験にこだわる視点を徹底している。

クレインが戦争の物語を構築するにあたって、おそらく参考にした文学作品として挙げられているのが、レフ・トルストイによる『セヴァストポリ物語』(一八五五年)である。英訳は一八八八年に刊行されており、クレインは一八九一年から一八九二年のどこかの時点でその作品を読んだと推定されている。

連隊の仲間や古参兵たちなど、身の回りの人々や状況ははっきりと見て取れる一方で、自分が動員されているのはどのような作戦なのか、どこに向かっているのかもよく分からない。それがゆえに、主人公の感覚はときにぼやけ、ときに研ぎ澄まされる。そのなかで、彼が戦場に対して抱く願望と不安、敵軍を前にしたときの恐怖、自責の念と高揚感といった心理状態の揺れが生々しく読者に迫る。そうした心理描写を、緩急を自在に操りつつ提示する語りは、本国アメリカ合衆国のみならずイギリスでも高い評価を受けた。イギリスでクレインと友情を結んだ作家に『闇の奥』のジョゼフ・

コンラッドがいたというのも頷ける。

クレインの小説を規定するもうひとつの歴史的な文脈として、絵画における印象主義との近接についても触れておくべきだろう（自然主義の代表的作家であるゾラも、友人のポール・セザンヌを通じて印象主義絵画に接していた）。タイトルにある「赤」という色をはじめとして、作中には色の描写が頻出する。小説の冒頭だけでも、「琥珀《こはく》色《いろ》」という色や、北軍の軍服の「青」、南軍の「灰色」などが繰り返し提示されている。語り全体を通じて色彩を強調する描写において、クレインが印象主義という絵画の手法を取り入れていたことは、批評でもたびたび指摘されている。主人公の若者の心理と連動したそうした色が呼び起こすイメージのあざやかさは、間違いなく本書の魅力の一つだろう。

色と並んで、クレインの文体の大きな特徴となるのが、独特の比喩の使い方である。特に戦闘の場面においては、比喩が用いられない段落はないといっていい。なかでも目立つのは動物の比喩であり、怪物、蛇、竜など、状況に応じて実に多彩な比喩が投入される。どこか神話的な世界が呼び起こされるだけでなく、ボタンを次々に作り出す機械など技術的な比喩も登場し、クレインの着想の豊かさを物語っている。

最後に、主題面についても触れておきたい。最後まで視点を限定して書かれているがゆえに、『勇気の赤い勲章』は小説として何を訴えかけるものであるのか、発表時からさまざまに反応が分かれてきた。なかでも最大の分かれ目は、この小説は主人公の若者が戦場での経験を経て成長していく物語とみなされるのか、それとも、そのような戦場での成長物語をクレインが皮肉を込めて突き放していると読むべきか、という二種類の解釈である。目下の批評においては後者が優勢であるが、それについては個々の読者の解釈に委ねることにしたい。

『勇気の赤い勲章』発表後のクレイン

『勇気の赤い勲章』は米英双方で好意的な評価を受けてベストセラーの仲間入りも果たし、一躍作家としての名声をクレインにもたらした。本書を完成させたあと、クレインは多岐にわたって活動を続けることになる。新聞社の依頼を受けての西部から南部、そしてメキシコへの取材旅行、詩集『黒い騎手』の刊行、次の小説の執筆と、彼は次々に仕事に着手していく。

とはいえ、その後のクレインが注目の的となったのは、文学とはまったく違う一件だった。一八九六年九月の深夜、街娼だったドーラ・クラークともう一人の女性相手の取材を終え、路面電車まで送っていこうとしたとき、通りかかった男性を勧誘したとして、彼女たちが平服警官に逮捕されるという事件が起きる。女性たちは無実だというクレインの主張にもかかわらず、クラークは連行されてしまう。それ以上の関与は自分の名声に傷をつけると判断し、一度は手を引くことにしたクレインだが、思い直して出廷し、実名でクラークの無実を証言した。その後クラークが警察官を相手に行った訴訟に際しても、クレインはクラーク側の証人として出廷した。

この一連の経緯は全米で報じられることになる。クレインは警察側の弁護人から容赦なく私生活を探られ、クレインがアヘン中毒者であるという噂も出回ったほか、ニューヨーク警察からは目の敵にされる結果となった。当時ニューヨーク市公安委員長として警察の責任者だったセオドア・ルーズベルト（後の合衆国大統領）との友人関係にもひびが入り、ニューヨークでジャーナリストとして活動するという道も閉ざされてしまう。

ニューヨークを離れたクレインは、一八九六年十一月にキューバ独立戦争の取材の依頼に飛びついて出発する。そして道中のフロリダ州ジャクソンヴィルで、コーラ・ハワース・スチュワート（自身ではコーラ・テイラーと名乗っていた）と出会う。二人は意気投合し、クレインはコーラに自著『ジョージの母』とラドヤード・キプリングの『七つの海』を贈っている。コーラは既婚者であり、夫が正式な離婚を拒んだため、クレインとは正式には結婚はできないままだったが、四年後にクレインが世を去るまで二人の事実上の結婚関係は続くことになった。

その後、大晦日に乗り込んだキューバ行きの船「提督号《コモドア》」が浸水によって沈没し、三十時間にわたって救命ボートで漂流するという事件にクレインは見舞われた。その経験はのちに短編「オープン・ボート」として結実しているほか、他の乗客を助けられずに死者を出したという後悔は、死の床までクレインに取り憑《つ》くほどの衝撃を与えている。いったんニューヨークに戻ったものの、すぐにギリシャとオスマントルコ帝国のあいだで勃発した希土戦争の取材依頼を受け、ヨーロッパに向けてコーラとともに旅立った。

リバプールからロンドンに入ったクレインは、彼の才能を高く評価していたイギリスの作家や編集者たちと知り合うことになる。クレインが招待された最初の昼食会には、のちに『ピーター・パン』シリーズを著すジェームス・マシュー・バリーもいた。

アメリカでのさまざまな騒動から離れることを望んだクレインは、コーラとともにイギリスに留《とど》まることを選ぶ。最初に選んだ住まいはロンドンにほど近いオックステッドにある家だったが、湿気の多い土地はクレインの弱い肺を苦しめることになる。ただし、周辺の地域には多くの作家が居を構えていた。なかでもクレインにとって重要だったのは、『勇気の赤い勲章』を読んで彼の才能を高く評価していたジョゼフ・コンラッドとの出会いだった。二人の作家はお互いに作品を贈り合い、クレインは戯曲を共作したいとコンラッドに持ちかけている（そのときのコンラッドは『ロード・ジム』の執筆で忙しく、実現はしなかった）。コンラッドが十四歳年長ではあったが、二人の作家の友情はクレインの死まで続いた。

同地での生活に満足していたクレインだが、じきに、収入に見合わない暮らしによる借金に悩まされることになる。自身でも不出来と認める文章を次々に売り飛ばしては、さまざまな出版社を相手に短編を売り込む時期が続く。

収入を得るためにキューバ独立戦争の取材に向かい、フロリダ州キーウェストを拠点としていた一八九八年五月には、すぐ後に『マクティーグ』を発表して脚光を浴びることになるフランク・ノリスにも会っている。キューバのハバナに渡り、しばらくコーラや友人たちとは音信不通の状態で執筆を続けていた。

一八九九年一月にイギリスに戻り、サセックスにある古い屋敷に転居する。相変わらずの浪費生活は続き、周囲に前金や借金を依頼しつつ、じめじめとして寒い書斎で執筆を続ける日々に、クレインの肺の病、そして作品の質も次第に悪化していく。その年の暮れ、H・G・ウェルズらを招いての宴の際に喀血した。その日、ウェルズはクレインのために地元の医者を呼ぶべく、夜の冷たい雨のなかを自転車で十キロも走ったと伝えられている。このころには、みずからが余命いくばくもないことをクレインは覚悟していたと思われる。

一九〇〇年に入って病状は悪化の一途をたどるが、金遣いの荒さとそのための無理な執筆という日々に変わりはなかった。コーラに説得され、ドイツのバーデンヴァイラーで療養することに同意し（ただし、回復することはないと自覚していたと思われる）、五月に家を離れた。ドーヴァーから出港する際にはコンラッドやウェルズらが別れの挨拶に訪れ、クレインのやつれように衝撃を受けている。療養先のバーデンヴァイラーに到着するも、一週間で死去した。二十八歳の短い生涯だった。

『マギー』や本書『勇気の赤い勲章』、そして詩集と「オープン・ボート」などいくつかの短編を除けば、クレイン自身が出来映えに心から納得して送り出した作品は数少ない。手っ取り早く文章を書き散らして稼いでいたという点は、のちのF・スコット・フィッツジェラルドを思わせもする。

そして、自然主義文学という文学の形式自体も、第一次世界大戦という出来事ののち、一九二〇年代にはモダニズム文学の存在感のなかに埋没してしまったかに見える。ただし、諏訪部浩一《すわべこういち》が指摘するように、主人公が閉塞した状況に置かれ、そこから逃れようとし、そして失敗する、という、一九三〇年代から登場したノワール文学の根本的な主題が、クレインの『マギー』など自然主義の洞察とも共通することなど、自然主義的な視点は形を変えてアメリカ文学のなかに生き残っていく。

クレイン作品の「死後の生」について最後にひとつだけ付け加えるなら、『勇気の赤い勲章』には、のちのアメリカ合衆国の戦争文学に繰り返し回帰することになる主題が凝縮されていることも重要な点だと思われる。戦闘においてみずからの「男らしさ」を証明し、負傷という「赤い勲章」をもってその証《あかし》とする（のちの戦争ではそれが「名誉負傷章《パープルハート》」となる）という、兵士たちのどこか神話的ですらある期待。それとは裏腹に、システム化されていく巨大な戦争という機械においては各兵士などただの歯車に過ぎず、個人はただ踏み潰されていくしかないのだという、次第に兵器が高度化していく戦争の現代的条件。クレインが描いたヘンリー・フレミングは、その両者に翻弄《ほんろう》されるようにして戦場をさまよっている。そして、兵士と戦争とのあいだのそうした関係は、ジョーゼフ・ヘラーの『キャッチ＝22』やトマス・ピンチョンの『重力の虹』、さらにはベトナム戦争を主題とする文学によって、二十一世紀にも引き継がれていくことになる。

参考文献

Cady, Edwin H. *Stephen Crane*. Twayne, 1962.

Hungerford, Harold R. "'That Was at Chancellorsville': The Factual Framework of *The Red Badge of Courage*." *The Red Badge of Courage*. 4th ed. Eds. Donald Pizer and Erick Carl Link. W. W. Norton, 2008.

Reesman, Jeanne Campbell. "The American Novel : Realism and Naturalism (1860 -

1920)." *A Companion to the American Novel.* Ed. Alfred Bendixen. Wiley-Blackwell, 2012 : 42-59.
Sorrentino, Paul. *Stephen Crane: A Life of Fire.* Harvard UP, 2014.
Stallman, Robert W. *Stephen Crane: A Biography.* George Braziller, 1968.
阿部幸大「抑圧の回帰としてのアイロニー　スティーヴン・クレイン *The Red Badge of Courage* 論」*Strata* 二九号（二〇一五年）、一―一三頁。
小谷耕二「スティーヴン・クレイン『赤い武勲章』―アイロニーの戦略―」『英語英文学論叢』四〇号（一九九〇年）、四五―七九頁。
新田啓子「恥辱の亡霊　スティーヴン・クレインの戦争小説」『抵抗することば―暴力と文学的想像力』高尾直知・舌津智之編、南雲堂、二〇一四年、五七―七五頁。
押谷善一郎『スティーヴン・クレイン　―評伝と研究―』山口書店、一九八一年
齋藤忠志「死に結びつく恐ろしい「環境」―スティーヴン・クレインの世界」『いま読み直すアメリカ自然主義文学　視線と探究』アメリカ自然主義文学研究会編、中央大学出版部、二〇一四年、三―二五頁。

諏訪部浩一『ノワール文学講義』研究社、二〇一四年。

スティーヴン・クレイン年譜

一八七一年

一一月一日、ニュージャージー州ニューアークにて、一四人兄弟姉妹の末っ子として誕生。父親ジョナサン・タウンリー・クレインはメソジストの牧師、母親メアリー・ヘレン・ペック・クレインはメソジストの牧師の娘。クレイン家は一七世紀に新大陸に移ってきた旧家であり、政治家・軍人を輩出した。「スティーヴン」という名前は、植民地会議の議長も務めた先祖にあやかったもの。

一八七五年　三歳

ラリタン川で溺れかける。

一八七八年　六歳

父親がドリュー・メソジスト教会に任命されたため、ニューヨーク州ポート・ジャーヴィスに転居。デラウェア川を挟んで広がる丘陵地帯は森に覆われており、クレインは少年時代にその地を探検し、釣りや狩りに熱中する。

一八八〇年　八歳

父親が二月に死去。親族の多いニューアーク近郊に転居するも、スティーヴンが猩紅熱《しょうこうねつ》にかかり、ふたたびポート・ジャーヴィスに戻る。母親はメソジスト系の新聞や雑誌に寄稿して家族を養う。

一八八三年　一一歳
母親とともにニュージャージー州アズベリー・パークに転居。

一八八四年　一二歳
面倒を見てくれた姉アグネスが死去。ポニーを一頭与えられる。

一八八五年　一三歳
ニュージャージー州にあり、かつて父親が校長を務めていた寄宿制の神学校ペニントン・セミナリーに入学。

一八八八年　一六歳
ニューヨーク州の軍事教練学校クラヴェラック・カレッジに転校（愛馬を連れていった）。野球に熱中する一方で、詩の暗誦を非常に嫌う。一九世紀英文学、およびギリシャ・ローマの古典を読み漁《あさ》る。アズベリー・パークで通信社を開いていた兄タウンリーのために記事を執筆するようになる。このころからタバコを吸うようになる。

一八九〇年　一八歳
九月、ラファイエット大学に入学。鉱山技術の学科に入るが、周囲ともそりが合わず、「勉学上の怠慢」（三科目で0点）によりクリスマス休暇明けに退学。

一八九一年　一九歳
一月、シラキュース大学入学。『マ

ギー 街の女』を書き始める。短編や素描の執筆を行うほか、『ニューヨーク・トリビューン』紙の特派員を務める。身長はほぼ平均で痩せている体格ながら、野球チームでは捕手（および遊撃手）を務め、同期のなかでは最高の内野手とされる。引き続き文学の名作を読み漁り、英文学の授業のみ学期の最後まで履修するも、その他の面では学業とは縁遠くなり、六月には退学勧告を受ける。八月、小説家ハムリン・ガーランドと出会う。九月、大学に戻らず作家として生きていくことを決意し、ニューヨークへ。マンハッタンのバワリー地区に入り浸る。『マギー』の草稿を完成。一二月、母親が死去。

一八九二年　二〇歳

「サリヴァン郡素描」を連載。当時の大統領ベンジャミン・ハリスンの再選を目指してアズベリー・パークで行われたパレードを批判する記事を書いたことにより、新聞の仕事を失う。

一八九三年　二一歳

貧困と栄養失調の日々。三月、ジョンストン・スミス名義で『マギー』を自費出版。経済的には成功せず、ただし作家ウィリアム・ディーン・ハウエルズに高く評価されて交流が始まる。南北戦争の回顧録を広く読み漁り、『勇気の赤い勲章』の執筆を開始。年末から翌年二月ごろの時期に完成。

一八九四年　二二歳
短編や詩を執筆。詩の創作にあたっては、エミリー・ディキンソンの作品を読んだことがきっかけともされる。五月、『勇気の赤い勲章』の原稿を新聞通信社のオーナーだったS・S・マクルアーに送るが、マクルアーの財政難のため一〇月まで音沙汰なし。貧困と不安のなか、第三長編『ジョージの母』の執筆を開始。一一月、新たに新聞通信社を創業したアーヴィング・バチェラーが『勇気の赤い勲章』の原稿を九〇ドルで買い取り、短縮版の新聞連載を手配。

一八九五年　二三歳
一月、新聞への寄稿のためにアメリカ西部とメキシコに旅行。ニューオーリンズで『勇気の赤い勲章』の最終版を完成。ウィラ・キャザーと会う。五月、詩集『黒い騎手』出版。ポート・ジャーヴィスに戻る。メキシコを題材とする短編と、第四長編『第三のすみれ』執筆。九月後半、『勇気の赤い勲章』出版。ベストセラーになり、一一月刊行のイギリスでも高く評価される。

一八九六年　二四歳
五月、『ジョージの母』出版。六月、『マギー』改訂版を出版。九月、雑誌記事のために取材していた娼婦ドーラ・クラークの逮捕をめぐって、現場で街娼の夫だと名乗ったほか、裁判に証人として出廷したことでスキャンダルの中心になる。一一月、キューバ独立戦争の取材に出発。ジャクソンヴィルで六歳年上のコーラ・ハワース・スチュワート（自身ではコーラ・テイラーと名乗っていた）と出会い、恋仲になる。

一八九七年　二五歳

一月、乗り込んでいたキューバ行きの船「提督号《コモドア》」が浸水して沈没。この体験を短編「オープン・ボート」に描く（六月出版）。三月、イギリスに渡り、希土戦争を取材に出発。特派員として派遣されてきたコーラと再会。赤痢にかかり、しばらくアテネで休養。六月、コーラとともにロンドンのサリー州にあるオックステッドのレイヴンズブルックに居を構える。ジョゼフ・コンラッドと親交を結ぶ。経済的には苦しい日々が続く。

一八九八年　二六歳

短編「青いホテル」完成。経済的な問題や米西戦争の気配を受けて帰国。海軍への入隊を試みるも結核のため身体検査を合格できず、特派員としてキューバ方面を取材。伝令や看護、斥候といった任務を引き受ける。熱病と疲労に苦しめられる。戦争終結後にハバナで小説や詩を執筆。一二月、アメリカに帰国し、ニューヨークで滞在するも、体調は戻らず。警察による逮捕未遂という嫌がらせもあり、年末にイギリスに向かう。

一八九九年　二七歳

ヘンリー・ジェイムズやH・G・ウェルズらと交流。二月にサセックス州の邸宅に転居。邸宅の維持や社交などによる多額の借金を返済するため、咳と喀血に悩まされながら執筆の日々を送る。第五長編『戦地勤務』を完成。アメリカ独立戦争を舞台とした歴史小説を構想。五月、第二詩集『戦争はやさし』出版。一二月、短編集『怪物』出版。結核を悪化させ、年末に大量の喀血。

一九〇〇年

借金と締め切りに追われつつ、結核の深刻さを隠して執筆を続ける。四月初旬に大量の喀血。遺書を作成し、執筆途中の第六長編『オラディ』の完成を友人のロバート・バーに託す。五月、ドイツ南西のバーデンヴァイラーにある療養所に移る。六月五日、同地にて死去。満二八歳。コーラが遺体をアメリカに移送し、マンハッタンで葬儀が行われ、ニュージャージー州ヒルサイドに埋葬される。

訳者あとがき

クレインによる『勇気の赤い勲章』の特徴や作者の生涯、文学的な背景については、ひととおり解説でまとめていることもあり、ここでは翻訳という作業において留意したことに絞って述べておきたい。

『勇気の赤い勲章』の翻訳にあたっては、一八九五年にD. Appleton and Companyより刊行された *The Red Badge of Courage* 初版の復刻版を底本として用いた。加えて、初版における誤植の訂正や古典への言及などについての情報は、W. W. Nortonより二〇〇八年に刊行されている同書のクリティカル・エディションを参照している。

本書には、『赤い武功章』(西田実訳)という先行訳が存在する。既訳は非常に正確であり、クレインの選んだ硬質で突き放すような語りの視点も含め、物語の雰囲気を巧みに伝えるものだと言っていい。新訳は後出しじゃんけんのようなもの、とはよく言われることだが、後発の訳者である僕にとって、今回の翻訳は、既訳から多くを学ぶ時間でもあった。

ただし、西田訳が発表された一九七〇年代と、僕が翻訳に取り組んだ二〇一〇年代では、翻訳をめぐる規範が変わってきていることは事実である。翻訳とは時代の産物であり、何が「自然」で「生き生きとした」翻訳の文章であるのかという点について、翻訳者と読者の意識は時代ごとに違うものにならざるをえない。今回の『勇気の赤い勲章』の翻訳を終えてから見直してみれば、二十一世紀前半という時代の産物である本書が既訳と異なっているのは主に以下の点である。

まず、語りの視点については、一人称をやや多めに混ぜるというスタイルを採用した。原文では一貫して三人称の語りが使われており、既訳もそれを忠実に踏まえたものになっている。とはいえ、いくつかの場面においては、語りは主人公の若者の心理を明確に代弁するものとして書かれており、三人称ではあっても内的独白に近い文章になっているとみなされる箇所も多い。主人公の内面に潜り込んで彼に語らせるようなポーズを取りつつも、すぐに突き放すというクレインの語りの振れ幅は、人称を切り替えることでさらに際立つのではないか、という判断から、新訳では一人称に近づける試みを行っている。地の文において、原文にはない一人称の「おれ」が登場するのは、そのような理由による。

それと連動して、主人公ヘンリーの目や耳が感じ取る戦場の様子が生々しさを伝えることで、その環境下に置かれた彼の心理と行動を探求しようとするクレインの文学的な試みに読み手を引き込めるかもしれない、という点を意識して、現在形もやや多めに採用した。原文では過去形で書かれていても、その文章における臨場感やスピード感などが重視されるべきだと思われた箇所は、やや現在形が多くなっている。それがこの小説の特性をうまく活かすものであってくれたらと願う。

とはいえ、これは訳者の僕が独自に編み出したやり方でもなんでもない。三人称の語りに一人称に近い視点を持ち込みたい、そして同時に現在形を使う必要もあるだろう、とぼんやりと感じてはいたものの、語り口調をどう設定すべきか、最初は暗中模索の状態だった。そんなときに出会った、田山花袋《たやまかたい》の短編「一兵卒」(一九〇八年)から、僕は多くを学んだ。その文体をお手本として折々に参照したおかげで、僕はどうにか最後までたどり着くことができた。二十一世紀版の「現代的な」翻訳を目指しておきながら、二十世紀初頭に日本語で書かれた自然主義文学の語りにヒントをもらったことになる。新しい試みを目指すときも、大きなヒントはいつも過去にあるのだ、ということを改めて教えられた。

また、登場人物同士、特に兵士同士の会話においては、現在の翻訳のスタンダードに従って方言の使用は控え、兵士たちの出自よりも若さが醸し出す未熟さを示すことに重きを置く方針を採用した。とはいえ、ヘンリーが総崩れになった部隊と出くわす場面（第十二章）では、英語の台詞がドイツ語訛りで記述されていることによって、その部隊がドイツ系移民で構成されていると示される。そこでは出自が重要な役割を果たすのだが、それを翻訳で伝えきれなかったという限界は追記しておきたい。

本書の翻訳は、多くの方の支えと助けがなければとうてい不可能だっただろう。まずは、古典新訳という場に僕を招いてくださった編集者の今野哲男さんにお礼申し上げたい。今野さんには、好きな小説を選ばせていただいただけでなく、翻訳の作業が少し遅れがちになっても辛抱強く見守っていただいた。訳文を整えていくにあたっては、光文社翻訳編集部の小都一郎さんに多くのアドバイスをいただいた。おふたりに厚くお礼申し上げる。

好きな古典小説を何か選んでもらえませんか、と今野さんに言われたとき、僕の頭にまっさきに浮かんだのが、クレインのこの小説だった。北海道大学での大学院生時代に、瀬名波栄潤《せなはえいじゅん》先生のゼミで本書を原書で読む機会があり、そのときから、ストーリー以外の細部に不思議な描写の多い、謎めいた小説として記憶に残っていたからである。「男らしさ」をテーマとするそのゼミで、一学生として学んだときの記憶と再会するようにして、僕は本書の翻訳に取り組んだ。出来映えはさておき、これが恩師へのささやかな恩返しになってくれることを願う。

翻訳上のお手本となる田山花袋の「一兵卒」を読むことになったのは、研究会でご一緒することになった戸塚学さんに教えていただいたからだった。また、翻訳を進めていくなかでは、同志社大学文学部英文学科の同僚であるマーク・リチャードソンとのやりとりからも多くのヒントを得た。記して感謝申し上げる。

最後に、僕の家族に最大の感謝を記しておきたい。僕が頭で思い描く十九世紀の戦場という風景に、娘はオオカミや柴犬の話を折々に混ぜ込んでくれた。また、戦争や暴力をめぐる物語としじゅう対峙《たいじ》する翻訳者としての道のりは、妻がいつも分かち合ってくれるからこそ歩んでこられた。戦場の描写をどう訳せばいいのかという問題から、クレインの生涯の浮き沈みで、この小説のさまざまな点を妻と分かち合って進められたことを嬉しく思う。愛と感謝をこめて、ふたりに本書の翻訳を捧げたい。

二〇一九年八月　京都にて

本書では、アメリカ先住民を指して、「インディアン」という現代に用いるに注意を要する呼称や、「インディアンみたいにずっと怒鳴っていました」「拷問にかけられる先住民のような動きで体をくねらせた」など、当該先住民に対する差別や偏見に基づく、侮蔑的表現が使用されています。これらは本作が出版された一八九五年当時のアメリカ合衆国の社会状況と未成熟な人権意識に基づくものですが、そのような時代とそこに成立した本作を深く理解するためにも、編集部ではこれら差別的表現についても、原文に忠実に翻訳することを心がけました。それが今日にも続く人権侵害や差別問題を考える手がかりとなり、ひいては本作の歴史的価値および文学的価値を尊重することにつながると判断したものです。差別の助長を意図するものではないということを、ご理解ください。

編集部

kobunsha classics
光文社古典新訳文庫

勇《ゆう》気《き》の赤《あか》い勲章《くんしょう》

著者　スティーヴン・クレイン
訳者　藤《ふじ》井《い》 光《ひかる》

2019年10月20日　初版第1刷発行

発行者　田邉浩司
印刷　新藤慶昌堂
製本　ナショナル製本

発行所　株式会社光文社
〒112-8011東京都文京区音羽1-16-6
電話　03（5395）8162（編集部）
03（5395）8116（書籍販売部）
03（5395）8125（業務部）
www.kobunsha.com

ISBN978-4-334-75412-9 Printed in Japan

いま、息をしている言葉で、もういちど古典を

長い年月をかけて世界中で読み継がれてきたのが古典です。奥の深い味わいある作品ばかりがそろっており、この「古典の森」に分け入ることは人生のもっとも大きな喜びであることに異論のある人はいないはずです。しかしながら、こんなに豊饒で魅力に満ちた古典を、なぜわたしたちはこれほどまで疎んじてきたのでしょうか。

ひとつには古臭い教養主義からの逃走だったのかもしれません。真面目に文学や思想を論じることは、ある種の権威化であるという思いから、その呪縛から逃れるために、教養そのものを否定しすぎてしまったのではないでしょうか。

いま、時代は大きな転換期を迎えています。まれに見るスピードで歴史が動いていくのを多くの人々が実感していると思います。

こんな時わたしたちを支え、導いてくれるものが古典なのです。「いま、息をしている言葉で」――光文社の古典新訳文庫は、さまよえる現代人の心の奥底まで届くような言葉で、古典を現代に蘇らせることを意図して創刊されました。気取らず、自由に、心の赴くままに、気軽に手に取って楽しめる古典作品を、新訳という光のもとに読者に届けていくこと。それがこの文庫の使命だとわたしたちは考えています。

このシリーズについてのご意見、ご感想、ご要望をハガキ、手紙、メール等で翻訳編集部までお寄せください。今後の企画の参考にさせていただきます。
メール　info@kotensinyaku.jp

光文社古典新訳文庫　好評既刊

武器よさらば（上・下）
ヘミングウェイ
金原 瑞人 訳

第一次世界大戦の北イタリア戦線。負傷兵運搬の任務に志願したアメリカの青年フレデリック・ヘンリーは、看護婦のキャサリン・バークリと出会う。二人は深く愛し合っていくが……。

老人と海
ヘミングウェイ
小川 高義 訳

独りで舟を出し、海に釣り糸を垂らす老サンチャゴ。巨大なカジキが食らいつき、壮絶な戦いが始まる……決意に満ちた男の力強い姿と哀愁を描くヘミングウェイの最高傑作。

八月の光
フォークナー
黒原 敏行 訳

米国南部の町ジェファソンで、それぞれの「血」に呪われたように生きる人々の生は、やがて一連の壮絶な事件へと収斂していく。ノーベル賞受賞作家の代表作。（解説・中野学而）

郵便配達は二度ベルを鳴らす
ケイン
池田真紀子 訳

セックス、完全犯罪、衝撃の結末……。20世紀アメリカ犯罪小説の金字塔、待望の新訳。緻密な小説構成のなかに、非情な運命に搦めとられる男女の心情を描く。（解説・諏訪部浩一）

ヒューマン・コメディ
サローヤン
小川 敏子 訳

戦時下、マコーリー家では父が死に、兄も出征し、14歳のホーマーが電報配達をして家計を支えている。少年と町の人々の悲喜交々を笑いと涙で描いた物語。（解説・舌津智之）

光文社古典新訳文庫　好評既刊

黒猫／モルグ街の殺人
ポー
小川 高義 訳

推理小説が一般的になる半世紀前、不可能犯罪に挑戦する探偵・デュパンを世に出した「モルグ街の殺人」。現在もまだ色褪せない恐怖を描く「黒猫」。ポーの魅力が堪能出来る短編集。

アッシャー家の崩壊／黄金虫
ポー
小川 高義 訳

ゴシックホラーの傑作から暗号解読ミステリーまで、めくるめくポーの世界。表題作ほか「ライジーア」「ヴァルデマー氏の死の真相」「盗まれた手紙」など短篇7篇と詩2篇を収録！

ビリー・バッド
メルヴィル
飯野 友幸 訳

18世紀末、商船から英国軍艦ベリポテント号に強制徴用された若きビリー・バッド。誰からも愛された彼を待ち受けていたのは、邪悪な謀略のような運命の罠だった。（解説・大塚寿郎）

書記バートルビー／漂流船
メルヴィル
牧野 有通 訳

法律事務所で雇ったバートルビーは決まった仕事以外の用を頼むと「そうしない方がいいと思います」と拒絶する。彼の拒絶はさらに酷くなり……。人間の不可解さに迫る名作二篇。

緋文字
ホーソーン
小川 高義 訳

17世紀ニューイングランド、姦通の罪で刑台に立つ女の胸には赤い「A」の文字。子供の父親の名を明かさない女を若き教区牧師と謎の医師が見守っていた。アメリカ文学の最高傑作。

★続刊

憲政の本義、その有終の美　吉野作造／山田博雄・訳

主権の所在をあえて問わない人民のための政治、いわゆる「民本主義」を唱道した吉野作造の代表作。当時の藩閥政治を批判し、国家の根本である憲法の本来的な意義を考察するとともに、立憲政治にむけて国民一般の「知徳」が重要だと説く。

ラ・ボエーム　アンリ・ミュルジェール／辻村永樹・訳

一八四〇年代パリを舞台に、詩人ロドルフ、音楽家ショナール、画家マルセル、哲学者コリーヌらの自由放埒な生活を描く小説。貧乏芸術家たちの恋、笑い、議論で綴られる生の真髄！　オペラ『ラ・ボエーム』、ミュージカル『レント』などの原作。

ミドルマーチ2　ジョージ・エリオット／廣野由美子・訳

金策に失敗したフレッド・ヴィンシーは、意中の女性メアリを含むガース家の人々を窮地に立たせてしまう。フェザストーン老人の遺言をめぐる騒動の思わぬ結末、ドロシアとカソーボンの夫婦生活の危機など、人間関係が発展していく第2巻。